NOS

Tradução, apresentação e notas
VICTOR SANTIAGO
Prefácio
ANA CAROLINA MESQUITA
Posfácio
DAVI PINHO

VIRGINIA

WOOLF

FRESHWATER

uma comédia

PREFÁCIO
Virginia Woolf em tintas cor-de-framboesa

Talvez uma das características mais distintivas da literatura de Virginia Woolf seja também uma das poucas qualidades estáveis no trabalho dessa autora que se tornou notória pela disposição em enveredar por um percurso criativo diferente e quebrar o molde a cada nova obra: a insistência de que inexiste uma identidade unívoca. A personalidade é plural e transcende as convenções. Somos muitos, afirma Woolf em mais de uma ocasião. Dentre as mais famosas obras de Woolf, podemos citar *Orlando* (1928), quando a personagem principal reflete, na tradução de Cecilia Meireles, que "já se considera uma biografia completa aquela que simplesmente enumera seis ou sete eus, embora uma pessoa possa ter muitos milhares", enquanto "ia mudando de eus com a mesma velocidade com que dirigia o automóvel". Contudo, de forma bastante irônica, é precisamente por uma imagem monolítica que Virginia Woolf se tornou encapsulada pelo grande público: a da escritora deprimida, atormentada por desequilíbrios mentais, melancólica e suicida. Tamanho é esse adesivamento que, com frequência, sua saúde mental e seu suicídio são o que norteiam os rumos das interpretações e das análises de sua obra, que passa a ser lida unicamente sob o viés da melancolia.

Tal cristalização deveu-se em boa parte à própria crítica especializada, não raro condicionada por um enviesamento teórico que começou a grassar a partir do século XVIII no Ocidente: a indissociação entre vida e obra na produção de literatura escrita por mulheres. Se esse peso já era sentido pelas mulheres artistas ainda em vida, a ponto de as levar muitas vezes a reprimir temas em suas criações artísticas temendo ser com estas confundidas, torna-se ainda maior após sua morte – e este talvez seja um dos motivos pelos quais as obras de autoras que se suicidaram passem a ser irremediavelmente conectadas à vida de suas criadoras e a condicionar sua recepção, algo que não costuma ocorrer com a obra de autores homens suicidas. É o que ocorre, por exemplo, com Virginia Woolf e Sylvia Plath, e o que não ocorre, por exemplo, com Ernest Hemingway e Camilo Castelo Branco.[1] Críticos como o incensado Harold Bloom, na introdução do livro de ensaios sobre Woolf que organiza para a série Bloom's Biocritiques, ao mesmo tempo que afirma que ela foi uma das escritoras mais originais do século XX, pontua que sua vida foi uma luta longa e heroica contra a loucura, e, no prefácio da primeira edição do diário de Woolf no Brasil, uma seleção de passagens feita e traduzida por José A. Arantes, o comentador diz que a obra "não pretende ser mais do que um vislumbre de uma complexa personalidade seduzida pela morte". Vê-se então o suicídio de Woolf guiando *o próprio critério* dessa edição – algo mais estupefaciente ainda quando se considera que a genialidade da autora é inquestionável, posto que Virginia Woolf é considerada um dos principais nomes da literatura do século XX.

Mas talvez tão poderoso para construir essa espécie de "glamour melancólico" em torno de Virginia Woolf quanto seu suicídio em 1941 nas águas do rio Ouse seja o perfil marmóreo que dela fez o fotógrafo George Charles Beresford em 1902, e que se vê reproduzido ao infinito em itens tão diversos quanto capas de livros, camisetas, canecas e pôsteres. Na foto, Woolf tinha apenas vinte anos e ainda era Virginia Stephen. Nela, vemos a imagem em preto e branco de uma jovem pálida de vestido branco, etérea e gélida, contra um fundo neutro. Não escapa a ironia de que poderíamos associá-la justamente ao que a própria Woolf viria a atacar quase trinta anos depois, em 1931: a imagem da mulher pura, angélica e virginal que solapa a criação feminina, o próprio Anjo do Lar que ela criticaria no ensaio "Profissões para mulheres" e também na peça *Freshwater*. A foto contribuiu para criar uma personagem Virginia Woolf melancólica, suicida e

1 Ana Carolina Mesquita e Victor Santiago, "*Come and catch me if you can: Virginia Woolf para além das molduras da melancolia*". In: Victor Santiago, Bárbara Novais, Lucas Leite, Mariana Pivanti (Orgs.). *Celebrando Virginia Woolf.* 1ª ed. Rio de Janeiro: A TEIA, 2024, v. 1, pp. 43-65.

deprimida – em outras palavras, uma persona recortada a partir de momentos bastante específicos de sua vida. Mas poderá tal imagem escolhida para representar uma vida inteira representar os dramas e anseios, os desejos e os medos, e as muitas alegrias, não apenas as tristezas, de uma pessoa que viveu 59 anos?

Em seus diários e cartas, bem como em boa parte de sua obra, temos contato com uma autora cheia de vida, de ideias, dada a tiradas humorísticas e entusiasmada por prazeres sensoriais – alguém dirigida muito mais pela alegria do que pela melancolia. Mesmo quando se avizinham seus momentos mais sombrios, é alguém que diz a si mesma, sem se cansar, em seus diários: "lute, lute", e que se recusa à entrega até o limite. Sim: Woolf sofreu de duras crises mentais, em especial no início da juventude, e tentou o suicídio três vezes. Mas o fato de haver passado os últimos 25 anos de sua vida sem sofrer nenhum grande episódio de colapso mental, e de haver tirado a própria vida em um momento extremo, em meio à pressão crescente da Segunda Guerra e com a ameaça iminente da invasão de Hitler à Inglaterra, não deve ser levado em conta? Como diz a escritora norte-americana Maggie Gee, caso se considere correto permitir que um transtorno defina uma pessoa, é igualmente possível interpretar Woolf pelo seu dom coexistente, o da alegria.

O riso, a brincadeira e a ironia tinham extrema importância para Virginia Woolf, conhecida na vida pessoal pela personalidade mordaz e capacidade de se tornar a alma de uma festa. No entanto, esse humor arguto de sua literatura – presente em tantos de seus ensaios, contos e romances, e igualmente espalhado por diários e cartas – acaba sendo obliterado pela solidificação da sua imagem na de uma autora siderada pela morte. De modo irônico, esse ato desconsidera um dos aspectos mais expressivos do riso woolfiano, que é justamente a mescla de humor com o sentido trágico da vida. Talvez a sutileza dessa graça contribua também para que passe batida, já que Woolf costuma inserir comentários cáusticos ou sarcásticos no meio de diálogos sérios ou de belas descrições da natureza, por exemplo, de certa maneira parecendo seguir uma espécie de método que vislumbra na literatura russa. Em seu ensaio "O ponto de vista russo"[2] (1925), ela afirma, na tradução de Ana Carolina Mesquita e Marcelo Pen, que "quando se aumenta [...] a velocidade e se veem os elementos da alma, *não separadamente em cenas de humor ou cenas de paixão* como as concebe nossa mais morosa mente inglesa, mas *variegados, implicados, inextrincavelmente confusos*, revela-se um novo panorama da mente humana". Isto é, recebemos de uma só braçada tragédia e humor, e não separadamente em gêneros literários como no passado, pois "as velhas divisões se fundem. Os homens são ao mesmo passo santos e vilões; seus atos são imediatamente belos e desprezíveis".

A peça *Freshwater* traz esses procedimentos à frente, mas colocando em primeiro plano a sátira. Virginia Woolf presta um tributo às suas origens ao mesmo tempo que as satiriza e critica com acidez. De maneira bastante woolfiana, essas origens escapam do aspecto puramente individual da vida da própria Virginia e se tornam algo maior, uma espécie de origem comum. Pois se é verdade que elas se referem à história pessoal da sua família, encarnada nas figuras de seus tios-avós Charles e Julia Cameron, também tratam igualmente da herança vitoriana, que Virginia compartilhava com o grupo de Bloomsbury – os amigos que a acompanharam desde a juventude e que ajudaram a encenar a peça no estúdio de Vanessa Bell, sua irmã, em 1935. Nesse sentido, a peça é uma espécie de gênese autobiográfica de si mesma e de Bloomsbury e, em larga medida, uma piada interna, com brincadeiras, tiradas e referências feitas para os participantes do grupo. Além disso, ao mesclar livremente a história dos vitorianos eminentes que frequentavam as casas da vila de Freshwater com a história de seus contemporâneos, Woolf acaba por também satirizá-los – o que só aumenta a graça.

2 Ver Virginia Woolf, *O leitor comum*. Trad. de Ana Carolina Mesquita e Marcelo Pen. Rio de Janeiro: Tordesilhas, 2023 [1925], pp. 187-96.

Mas seria esse humor hermético, "fechado", por assim dizer, incomunicável para fora de Bloomsbury? Ou seria esse humor resistente à passagem de quase um século e comunicável para outras gerações? Em outras palavras, pode-se perguntar se a peça funcionaria para além do valor documental e teórico – e a resposta é um contundente sim. Além de contar com um humor rápido, típico de esquete (como as alusões à impotência de George Watts, ou a figura *à la Commedia dell'Arte* do velho com apetite sexual por jovens moças, encarnada em Tennyson), entre os pilares mais cômicos de *Freshwater* estão o absurdo e o inusitado. Isso se verifica, por exemplo, em cenas como a da chegada dos caixões que o Sr. e a Sra. Cameron levariam à Índia (coisa que os tios-avós homônimos de Woolf de fato fizeram, diga-se de passagem), ou a do surgimento de um golfinho em meio a uma cena romântica e este ser alimentado com a aliança de um casamento que já não faz mais sentido, o de Ellen com George Watts. Mas há também dois pontos importantes e talvez mais centrais e sutis.

Se havia algo que os Bloomberries (como ficaram conhecidos, de forma cômica) tinham em comum, era o fato de haverem nascido na Era Vitoriana e posteriormente se tornarem seus críticos contundentes, colocando em xeque sua afetação, sua rigidez e suas convenções. Advogavam por um comportamento e um pensamento livres, libertinos e vanguardistas – ainda que com problemas, posto que estavam atravessados por suas posições de classe, gênero e raça herdados, justamente, da sua herança vitoriana. Tal aspecto de conflito entre gerações (uma geração pomposa, a outra despojada) é algo facilmente compreensível e com o qual qualquer um pode se identificar de pronto, não importando a época a que pertença nem o grau de conhecimento que possua acerca do grupo de Bloomsbury. Assim, por exemplo, no final da primeira versão de *Freshwater*, a personagem de Ellen Terry (que simboliza a juventude, baseada na atriz homônima) tem uma discussão com seu primeiro marido, trinta anos mais velho, o célebre pintor George Watts, e diz ao seu amante: "Não consigo entender nada do que eles estão falando.

Mas nunca entendi mesmo. Podemos fugir para algum lugar onde as pessoas digam coisas que façam sentido?" Woolf satiriza, aí, o modo empolado e críptico dos artistas simbolistas falarem, algo que se torna ainda mais evidente quando faz a personagem Watts de imediato retrucar, aludindo aos novos tempos: "Vão para Bloomsbury. Naquele ambiente imundo espalhem suas ideologias, propaguem sua raça, usem calças. Mas vai chegar o dia em que a voz da pureza, da consciência, da dignidade, da nobreza e da verdade será ouvida na terra".

Outro pilar da graça da peça, além de um dos seus principais temas, é da mesma maneira atemporal: a sátira do artista que se aliena das questões práticas do mundo por dar valor apenas à sua arte. Para tanto, Woolf se vale em especial da figura de Julia Cameron, sua tia-avó, que não apenas foi uma das pioneiras mais importantes da fotografia como também uma das primeiras mulheres a alcançarem destaque em uma área que seguiu dominada por homens durante mais de meio século após sua morte. Não raro, a sra. Cameron parece alheia aos conflitos que ocorrem ao seu redor e pede que as personagens congelem onde estão, pois precisa fotografá-las. Sua obsessão pela arte acima de qualquer coisa é tamanha que, na primeira versão da peça, ela chega a ter uma discussão filosófica *nonsense* com um policial: "Qual é a serventia de um policial se ele não tem boas panturrilhas, pernas bonitas? [...] Sem beleza, policial, o que é a ordem? Sem vida, o que é a lei?". O artista alienado também segue criticado na figura de Watts, perdido em dogmas artísticos que não encontram conexão com a gente comum de seu tempo, e de Tennyson, tão envaidecido com suas próprias criações que se preocupa mais em fazer um bom poema do que com a vida de uma pessoa real (como o demonstra a cena em que está escrevendo um poema elegíaco para Ellen Terry, supostamente morta, e lamenta quando esta surge, bastante viva: "Não se desculpe, Ellen. O que importa? Um poema imortal foi destruído – é tudo").

É preciso observar que Woolf estende essa crítica da alienação artística igualmente ao próprio grupo de Bloomsbury, que era visto (e em certa medida ainda é) como um grupo de esnobes elitistas no alto de uma torre de marfim, alheios aos acontecimentos externos e protegidos do mundo real. No ensaio "*The Artist and Politics*" [O artista e a política], que escreve para o jornal comunista *Daily Worker* em 1933 – ou seja, dois anos antes da segunda versão de *Freshwater* e no ano em que Hitler tornou-se chanceler da Alemanha e iniciou a ditadura nazista – pergunta-se uma incomodada Woolf: "Como pode o artista ainda continuar em paz em seu estúdio?". E continua: "É fato que o exercício da arte, longe de afastar o artista dos seus semelhantes, aumenta a sua sensibilidade. Desenvolve nele uma capacidade de percepção das paixões e necessidades da humanidade que o cidadão, cujo dever é atuar para um país ou partido específicos, não tem tempo ou talvez necessidade de cultivar". Woolf conclui que, "mesmo ineficiente, o artista não é, de modo nenhum, apático [...] Ele é obrigado a participar politicamente, a fim de assegurar tanto a sua própria sobrevivência quanto a da arte". Se em *Freshwater* essa crítica a seus pares é feita de modo sutil, Woolf a exacerbará no ensaio "A torre inclinada", de 1940, afirmando que já não havia mais tempo (a torre do privilégio estava inclinando-se) e era preciso se posicionar. Nesses exemplos, vemos aliás mais uma faceta pouco difundida da obra e da vida da autora: seu engajamento com assuntos sociais do seu tempo – o que vai na contramão da construção de uma Woolf apolítica, frágil, melancólica, assexuada e preocupada apenas com a subjetividade interior e a esfera íntima.

Assim, em *Freshwater* Woolf insere, no deboche prevalecente da peça, reflexões sobre as convenções sociais aprisionadoras das subjetividades e o papel (ambíguo?) da arte. Ao fazê-lo, não deixa de também inserir a si mesma nessa crítica, posto que ela também faz parte de Bloomsbury. Não podemos nos esquecer que a própria Woolf era notoriamente obcecada pelo seu fazer artístico, tal como fora sua tia-avó, e ao mesmo tempo glorifica e repudia essa devoção. "Quando lemos [...] os comentários casuais daquele poeta fora de moda, Tennyson", escreveu ela no ensaio "*A*

Professor of Life" [Um professor da vida], de 1926, que cito em tradução livre, "temos a impressão de que, estivessem acordados ou dormindo, esses homens nunca paravam de pensar em literatura. Estava entranhada em seus cérebros. Seus dedos, nela entintados. O que quer que tocassem, tornava-se manchado com ela". Assim também Virginia Woolf vivia seu fazer literário. Escrever e viver entremeavam-se com tal simbiose que entintava não apenas seus dedos, mas suas perspectivas: "tendo montado em minha sela, o mundo inteiro toma forma; escrever é o que me dá proporções", escreve em seu diário no dia 30 de dezembro de 1930.

Porém aqui, em *Freshwater*, apesar de todas essas considerações, não é a geração de seus antepassados que Woolf coloca no centro. Não é nem mesmo a sua própria, ainda às voltas com formas mais arrazoadas de se posicionar artisticamente. Com grande generosidade, Virginia Woolf faz um aceno de esperança às gerações futuras, simbolizadas em especial na figura de Ellen Terry, que termina a segunda versão de *Freshwater* com uma afirmação parte debochada, parte poética. Ellen está falando dos fatos, mas nas entrelinhas do que nos fala é da vida, ela, que sempre irrompe: "Procure o fato nos arbustos de framboesa".

ANA CAROLINA MESQUITA

SOBRE A PREFACIADORA

Ana Carolina Mesquita é tradutora e doutora em letras pela Universidade de São Paulo (USP) e autora de tese que envolveu a tradução e a análise dos diários de Virginia Woolf. Foi pesquisadora visitante na Universidade Columbia (Nova York, EUA) e na Berg Collection da Biblioteca Pública de Nova York, onde trabalhou com os manuscritos dos diários de Woolf. Além desses, traduziu da autora as obras *Um esboço do passado* (2020), *A morte da mariposa* (2021), *Pensamentos de paz durante um ataque aéreo* (2021), *Sobre estar doente* (2021, cotradução com Maria Rita Drumond Viana), *Mrs. Dalloway em Bond Street* (2022), *O vestido novo* (2023), *A apresentação* (2023) e *Juntos e separados* (2023), todos editados e publicados pela Nós, bem como *O leitor comum* (2023, cotradução com Marcelo Pen), pela Tordesilhas. Atualmente é pesquisadora de pós-doutorado no IEL-Unicamp, com bolsa da FAPESP (Fundação de Amparo à Pesquisa do Estado de São Paulo).

APRESENTAÇÃO

Desvelando o humor de Virginia Woolf: *Freshwater* na cena brasileira

Este livro oferece às leitoras e leitores brasileiros a oportunidade única de explorar *Freshwater: Uma comédia (Freshwater: A Comedy*, 1923/1935), o único experimento teatral da renomada escritora inglesa Virginia Woolf (1882–1941). Pela primeira vez, ambas as versões da peça são traduzidas para o português, trazendo ao público nacional um lado inédito e fascinante da autora.[1]

Distante da imagem tradicionalmente melancólica e introspectiva que costuma marcar a recepção de Woolf, *Freshwater* revela uma faceta vibrante e pouco explorada de sua criatividade, em que o riso, o deboche e a brincadeira ocupam o centro do palco. Trata-se de uma obra que desconstrói estereótipos ao mostrar Woolf não apenas como uma escritora profundamente comprometida com questões sociais e estéticas, mas também como uma criadora que soube fazer uso do humor para subverter normas culturais e literárias de seu tempo.

Embora a recepção de Woolf no Brasil tenha privilegiado seus romances e contos, frequentemente descritos como experimentais, feministas e "sérios", *Freshwater* desafia essa visão ao nos convidar a reavaliar os limites de sua produção, levando sua veia experimental para outros campos de sua escrita. A farsa, ao mesmo tempo lúdica e crítica, satiriza tanto as convenções vitorianas quanto as próprias dinâmicas do modernismo, propondo um diálogo irreverente com as tradições literárias e com figuras como Julia Margaret Cameron e Alfred Tennyson, que a inspiraram. Além disso, *Freshwater* é um exemplo singular de como Woolf se apropriou da comédia para explorar questões sobre identidade, gênero e a performatividade das relações sociais.

1 Victor Santiago, *Freshwater: Uma comédia de Virginia Woolf: Uma farsa modernista em tradução*. 2022. Doutorado em Literaturas de Língua Inglesa, Universidade do Estado do Rio de Janeiro (UERJ), Rio de Janeiro, Brasil.

Ao brincar com os limites entre o privado e o público, entre o real e o teatral, a peça se revela um terreno fértil para reflexões sobre o papel da arte e da ironia na crítica cultural.

Ao apresentar esta obra ao público brasileiro, espera-se não apenas ampliar a compreensão sobre a diversidade da produção de Woolf, mas também estimular novas leituras que reconheçam o humor como uma ferramenta poderosa de subversão e reinvenção. *Freshwater* não é apenas uma comédia, mas uma celebração da liberdade criativa, desafiando-nos a rir e a pensar ao mesmo tempo, mesmo em tempos sombrios.

"E eu devo encomendar a cabeça de um burro para me representar quando as cortinas subirem – como uma forma de dizer 'Isso é o trabalho de um burro'". Este registro de Virginia Woolf, feito no dia 11 de janeiro de 1935, às vésperas da estreia de sua peça *Freshwater* no estúdio de sua irmã, carrega uma autodepreciação cômica que parece ecoar, como bem observou o professor Davi Pinho[2] em conversa descontraída sobre o lado cômico de Woolf, o personagem Nick Bottom de *A Midsummer Night's Dream* (1595/6), de William Shakespeare. Assim como Bottom, um ator amador exagerado e inepto que, em sua vaidade, fala coisas sem sentido e acaba com a cabeça transformada na de um burro, Woolf parece usar o burro como um símbolo de humor e de ridículo, algo que coloque em xeque sua própria vaidade de escritora. Embora não haja evidências diretas de que Woolf tenha tido Nick Bottom como inspiração ao escrever em seu diário, é difícil ignorar a possível intertextualidade. Woolf era uma leitora atenta de Shakespeare e, como dramaturga amadora em *Freshwater*, brinca com os limites entre o sublime e o cômico. A cabeça de burro, nesse contexto, poderia ser vista como uma metáfora tanto para a leveza do teatro amador quanto para o humor farsesco que permeia a peça. Tal como Bottom, Woolf parece não temer o riso ou o ridículo, transformando a crítica implícita em um gesto de autoironia sofisticada.

2 Davi Pinho assina o posfácio desta edição.

Vale notar, além disso, que a forma como Woolf se refere a si mesma e à sua peça farsesca é ambígua, visto que ela parece se divertir com os preparativos para festa ao mesmo tempo que critica a qualidade do que escreveu, sendo considerado por ela mesma um trabalho tolo.[3] No entanto, a farsa, que muitos consideraram um presente de aniversário para sua sobrinha Angelica Bell (1918–2012) ou um simples interlúdio entre projetos mais exigentes,[4] esconde em seu cerne um experimento artístico político-feminista de grande relevância.[5]

Essa dubiedade sobre a seriedade de uma escrita artística e criativa está relacionada à própria definição de farsa, como Woolf chamou seu trabalho quando começou a rascunhar as primeiras linhas para o Natal de 1923. De acordo com o *Dicionário do Teatro Brasileiro*, a farsa é identificada como um gênero do teatro popular desenvolvido na Idade Média ou como uma técnica que continua sendo utilizada contemporaneamente. A palavra tem origem medieval e deriva do termo em latim *farsa*, que originalmente se referia à técnica culinária de rechear aves, muito empregada na charcutaria, com o preenchimento de linguiças e salsichas por gordura e carnes trituradas. Ou seja, encher algo com excesso. No teatro medieval, essa ideia de "recheio" se traduzia na prática de inserir cenas curtas e cômicas em missas ou programas de moralidades, aliviando o tom sério e introduzindo elementos de humor no cotidiano.

As características da farsa remontam às comédias gregas, sendo marcadas por um estilo exagerado e caricatural que traz à cena a vida cotidiana das cidades antigas e aldeias. Tradicionalmente, esse gênero utiliza poucos recursos cênicos, mas

3 Ver Olivier Bell (Org.), *The Diary of Virginia Woolf: 1931–1935*. v. 4. Nova York: Harcourt Brace Jovanovich, 1982, pp. 265-71.

4 Ver Hermione Lee, *Virginia Woolf*. Nova York: Vintage Books, 1999.

5 Ver Victor Santiago e Davi Pinho, "Virginia Woolf em outra cena modernista: Por novas leituras de *Freshwater: A Comedy*". *Ilha do Desterro*, Santa Catarina, v. 76, pp. 403-22, 2023.

explora intensamente a movimentação dos atores, que desempenham papéis de forma exagerada e expressiva, criando uma dinâmica cênica própria. Esse exagero ganha força como ferramenta narrativa e estética, transformando o corpo dos atores em um elemento central da representação, com gestos amplificados, expressões grotescas e uma fisicalidade que desafia a contenção.

Embora os objetivos das farsas medievais não sejam completamente claros – se eram puramente divertidas ou carregavam intenções moralizantes –, seus temas frequentemente giravam em torno de situações como a do marido traído ou do "enganador enganado". Em *Freshwater*, essa tradição é evocada com o personagem George Watts, que se vê traído por sua jovem esposa, a atriz Ellen Terry, que decide fugir para Bloomsbury com um marinheiro. Embora a trama aparente ser uma simples brincadeira, fica evidente que Woolf estava consciente do gênero com o qual estava dialogando, utilizando elementos da farsa de forma deliberada e feministamente engraçada.

Por outro lado, não é adequado posicionar a farsa de Woolf em oposição à seriedade; em *Freshwater*, Woolf constrói um exercício jocoso que desafia pares dicotômicos como seriedade e leviandade. A peça utiliza o exagero cênico e o humor não apenas como forma de entretenimento, mas como uma crítica cultural sutil, subvertendo expectativas normativas. Inspirada pelo que Woolf chamou de "o valor do riso" em seu ensaio de 1905, *Freshwater* revela como o riso pode ser um instrumento poderoso para desestabilizar hierarquias e corrigir normatividades excludentes.[6] O exagero nos gestos, a movimentação propositadamente desmedida dos atores e a teatralidade escancarada

6 Ver Victor Santiago, "Do valor do riso ao humor andrógino: Pensando o projeto estético e político de Virginia Woolf a partir de *Freshwater: Uma comédia*". In: Maria A. de Oliveira, Patrícia Marouvo e Lucas Leite Borba (Orgs.). *A prosa poética de Virginia Woolf*. 1ª ed. Rio de Janeiro: Ape'Ku (Coleção X), 2021, v. 1, pp. 261-78. Davi Pinho, "Uma leitura recumbente de 'O valor do riso'". In: Davi Pinho e M. C. Monteiro (Orgs.). *Literaturas de língua inglesa: Leituras interdisciplinares*. 1ª ed. Rio de Janeiro: Letra Capital, 2020, v. 5., pp. 35-47.

criam um espaço onde o corpo em cena não apenas diverte, mas também questiona e subverte as convenções de gênero, moralidade e poder. Assim, *Freshwater* transcende a categoria de mero experimento humorístico, emergindo como uma peça que brinca com as formas ao mesmo tempo que problematiza as normas.

Uma noite de riso solto: *Freshwater* entre passado e presente

A primeira menção de Woolf a *Freshwater* em seus diários data de 1919, como podemos observar a seguir, na tradução de Ana Carolina Mesquita.

> Agora, para me sintonizar, vou fechar o livro de Mrs. Watts sobre George Frederic & abrir a *Antígona* de Sófocles. Um segundo... preciso anotar para uso futuro as supremas possibilidades de Freshwater, para uma comédia. O velho Cameron de robe azul & há 12 anos sem ter ido a nenhum lugar mais além do seu jardim, subitamente toma emprestado o casaco do filho & caminha até o mar. Então, decidem prosseguir até o Ceilão [Sri Lanka], levando com eles seus caixões. & a última visão de Tia Julia é a bordo do navio, entregando aos carregadores grandes fotografias de *Sir* Henry Taylor e da Madona em lugar de trocados.[7]

O livro mencionado por Woolf é, sem dúvida, *The Annals of an Artist's Life*, uma biografia do pintor simbolista George Frederick Watts (1817–1904), escrita por sua segunda esposa, Mary F. Watts (1849–1938). Na mesma linha, Woolf também destaca o jurista Charles Hay Cameron (1795–1880), marido de sua tia-avó, a renomada fotógrafa vitoriana Julia Margaret Cameron

7 Virginia Woolf, *Os diários de Virginia Woolf: 1919–1923*. Trad. de Ana Carolina Mesquita. São Paulo: Nós, 2022. v. 2., p. 30.

(1815–1879), célebre por retratar artistas e personalidades proeminentes, como o escritor *Sir* Henry Taylor (1800–1886). Esses personagens não apenas aparecem satirizados em *Freshwater*, mas também estão profundamente ligados aos lugares que inspiraram a narrativa de Woolf, em especial a vila de Freshwater, na Ilha de Wight, na costa sul da Inglaterra.

A escrita da peça, contudo, começou algum tempo depois. A primeira versão da peça foi esboçada em 1923, durante um período de pausa na intensa escrita de *Mrs. Dalloway* (1925), que Woolf ainda chamava de *As horas*. "Gostaria de poder escrever *As horas* [*Mrs. Dalloway*] com a mesma liberdade e vigor com que escrevinho *Freshwater: Uma comédia*.[8] Embora Woolf tenha descrito esse momento como uma folga, em agosto de 1923, ela escreveu uma carta para sua irmã Vanessa Bell, expressando preocupação com a revisão da peça,[9] afirmando seu desejo de revisá-la o mais rapidamente possível. Em outubro do mesmo ano, em carta para Desmond MacCarthy (1877–1952), Woolf mencionou a possível montagem da peça para o Natal.[10] Nessa mesma correspondência, Woolf compartilhou suas ideias para a performance, afirmando que gostaria de incluir pilhas de fotografias dos Camerons, camafeus, calças de cintura larga, loureiros e laureados.[11] Woolf, no entanto, descrente do potencial da peça devido ao seu caráter "burlesco" e "raso",[12] decidiu arquivar o projeto por não se sentir confiante quanto ao seu valor estético, voltando a ele apenas em 1935, em colaboração com sua irmã, a pintora modernista Vanessa Bell (1879–1961).

Em 1935, motivada pelo aniversário de sua sobrinha Angelica, Woolf retornou a *Freshwater*. Após doze anos, a peça, originalmente

8 Ibid., p. 472.

9 Ver: Virginia Woolf, *The Letters of Virginia Woolf: 1923–1928*. Org. de Nigel Nicolson e Joanne Trautmann. Londres: Harcourt Brace Jovanovich, 1977, v. 3., p. 67.

10 Ibid., p. 72.

11 Ibid., p. 73.

12 Ibid., p. 75.

composta por um único ato, foi expandida para três atos e montada por amigos de Bloomsbury e familiares em 18 de janeiro de 1935, no estúdio de Vanessa Bell, no número 8 da Fitzroy Street. Conforme descrito por Lucio Ruotolo,[13] primeiro pesquisador a anotar a peça de Woolf, com base em entrevistas realizadas em sua visita a Monks's House em 1975, o estúdio de Bell tinha um formato em L. Os espectadores acomodaram-se ao longo da extensão maior do L, enquanto a parte menor foi delimitada por uma cortina, marcando o espaço destinado ao palco. A iluminação no ambiente era sutil, o que em certos momentos impedia a visão clara de todos os detalhes, permitindo que apenas os sons fossem percebidos. Apesar dessas limitações, a noite foi um grande sucesso, com a sala repleta de aproximadamente oitenta convidados.[14] A apresentação ocorreu em meio a grande barulho e gritaria, com as risadas de Clive Bell, cunhado de Woolf, ecoando ao longo de toda a performance. Do mesmo modo, Quentin Bell[15] sobrinho e biógrafo de Woolf, recorda que as risadas eram tão intensas que as falas chegavam a ser inaudíveis. Contudo, a performance foi aparentemente um sucesso, com Woolf registrando em seu diário no dia seguinte que tivera uma "noite de riso solto",[16] embora ainda mantivesse reservas quanto à qualidade de sua comédia, chegando a se referir ao seu próprio projeto shakesperianamente como o trabalho de um "burro".[17]

13 Lucio P. Ruotolo, "Editor's Preface and Notes". In: Virginia Woolf, *Freshwater: A Comedy* [1935]. Org. de Lucio P. Ruotolo. Florida: Harcourt, 1976.
14 Ver: Victor Santiago, "Virginia Woolf, dramaturga? Uma introdução a *Freshwater: a Comedy*". Org. de Vanessa Cianconi. *Quando as literaturas se encontram: Ensaios reunidos*. 1ª ed. Rio de Janeiro: Luzerna, 2024, v. 1, pp. 726-39.
15 Quentin Bell, *Virginia Woolf: A Biography*. Londres: Pimlico, 1996. v. 1 e 2.
16 No original: "*The play cane off last night, with the result that I am dry-brained this morning, and can only use this book as a pillow. It was said, inevitably, to be a great success; it is good to have an unbuttoned laughing evening once in a way*". Virginia Woolf, *Selected Diaries*. Org. de Anne Olivier Bell. Londres: Vintage, 2008, p. 365.
17 Virginia Woolf, *The Diary of Virginia Woolf: 1931–1935*. Org. de Anne Olivier Bell. Nova York: Harcourt Brace Jovanovich, 1982, v. 4., p. 273.

Vale ressaltar que pensar em *Freshwater* implica também trazer para o centro do debate as excentricidades desses amigos. Bloomsbury, um distrito central de Londres, deu nome ao Bloomsbury Group, um coletivo de intelectuais e artistas que floresceu na primeira metade do século XX, incluindo figuras como Virginia Woolf, Vanessa Bell, Leonard Woolf, Duncan Grant, Roger Fry, Lytton Strachey, John Maynard Keynes e E. M. Forster. Inicialmente, era formado apenas por homens, uma irmandade de acadêmicos da Universidade de Cambridge que debatia a "teoria do conhecimento" dos filósofos G. E. Moore e Bertrand Russell. Depois, com a presença de Woolf e de sua irmã Vanessa, o grupo ganhou contornos feministas.[18] Mas havia algo que todos compartilhavam: nascidos na Era Vitoriana, os amigos de Bloomsbury buscavam novas formas de interpretar o mundo, questionando tradições e as rígidas normas de sociabilidade que ainda prevaleciam no início do século XX. Suas intervenções artísticas, enraizadas no "método formalista" do pintor e crítico de arte Roger Fry (1866–1934), influenciaram movimentos de vanguarda na Inglaterra, tais como as exposições pós-impressionistas de 1910 e 1912. Portanto, como destaca a crítica woolfiana Jane Goldman,[19] Bloomsbury não é apenas um lugar, mas também um eco das tensões de um pensamento livre, pacifista e, por vezes, libertino, que reconfigurava as relações entre política e arte, tornando-se sinônimo de *avant-garde*, arte engajada e transgressiva.

Pensar o formalismo de Bloomsbury implica também refletir sobre como esses artistas se posicionavam em relação aos papéis sociais asfixiantes que buscavam violar e subverter. Suas práticas artísticas e controversas devem ser vistas como acessos à *avant-garde*, como descrito por Goldman: interferências performáticas

18 Ver: Davi Pinho, *Imagens do feminino na obra e vida de Virginia Woolf*. Curitiba: Appris, 2015.

19 Jane Goldman, *Modernism, 1910–1945: Image to Apocalypse*. Basingstoke: Palgrave MacMillan, 2004.

que visavam reconfigurar práticas sociais e políticas. O crítico woolfiano Davi Pinho ressalta que entender Bloomsbury como um movimento de vanguarda exige considerar as vidas íntimas desses amigos e amantes, suas cartas e experiências pessoais, para fundamentar seus trabalhos. Desse modo, é crucial ler os elementos culturais relegados tanto à vida privada quanto à pública, pois essas esferas estão inseparavelmente conectadas.[20]

Embora raramente consideradas pelos pesquisadores, as festas privadas e esquetes teatrais de Bloomsbury eram formas cruciais de elaborar suas contribuições políticas. Essas performances, muitas vezes ambíguas, não só divertiam como também criticavam e humilhavam, criando um espaço onde o inadmissível era trazido à luz. As brincadeiras buscavam "desfamiliarizar o familiar" e "desmistificar o exótico", invertendo o que era entendido como senso comum. O riso, com sua função social complexa, pode humilhar e corrigir, mas também estabelecer coesão comunitária.[21] O riso compartilhado em Bloomsbury, situado entre arte e vida, unia o grupo ao mesmo tempo que criava epistemologias outras e formas de engajamento crítico. Ao se tornarem alvos de suas próprias piadas, muitas vezes mordazes, esses artistas desafiavam a noção de uma "torre de marfim" intelectual, posto que todos estavam sujeitos ao humor corrosivo, evidenciando a dinâmica única e transgressiva do grupo.

As noites teatrais de Bloomsbury[22] têm suas raízes nas performances amadoras dos salões vitorianos, que marcaram a infância desses intelectuais, assim como nos experimentos de Julia Cameron, cuja influência é evidente em sua obra, especialmente

20 Além de Pinho (2015), ver também Brenda Helt e Madelyn Detlof, "Introduction". In: Brenda Helt e Madelyn Detlof (Orgs.). *Queer Bloomsbury*. Edinburgh: Edinburgh University Press, 2016.
21 Ver: Henri Bergson, *O riso: Ensaio sobre o significado do cômico*. Trad. de Maria Adriana Camargo Cappello. São Paulo: Edipro, 2018.
22 Ver: E. H. Wright, "Bloomsbury at Play". *Woolf Studies Annual*, [S.l.], v. 17., pp. 77-107, 2011. Disponível em: www.jstor.org/stable/24906873. Acesso em: 20 jan. 2025.

em *Freshwater*. A tradição teatral e experimental vitoriana, embora constantemente questionada pelos membros de Bloomsbury, deixou um legado que permeava tanto suas tentativas de transgressão dos padrões de gênero quanto o experimentalismo artístico que vivenciaram desde a infância, marcada por peças de teatro rigorosamente censuradas pelo Lord Chamberlain's Office.[23] Embora as crianças fossem incentivadas a explorar suas inclinações artísticas por meio de esquetes familiares, os adultos impunham restrições sobre o que poderia ou não ser encenado. Como destaca Quentin Bell[24] na biografia de Woolf, as crianças da família Stephen[25] escreviam e encenavam peças para os pais e empregados, mas, quando iam ao teatro, assistiam a produções insípidas e moralmente conservadoras.

A estética da brincadeira em Bloomsbury, então, tinha a ver com um "humor rebelde" herdado dialeticamente das censuras da juventude que se manifestava nas noites teatrais e festas organizadas por amigos e familiares daquela comunidade de intelectuais, permitindo que opiniões, críticas e piadas sobre questões públicas e privadas fossem dramatizadas e satirizadas em esquetes cômicos. Esses ambientes privados, resguardados pela comédia, transformavam-se em espaços seguros onde o familiar podia se tornar não familiar, e vice-versa. Diferentemente dos Apóstolos de Cambridge,[26] os Bloomsberries criticavam e ridicularizavam os mesmos pressupostos que os

23 O Lord Chamberlain's Office era uma instituição britânica que, entre outras funções, era responsável pela censura de peças teatrais no Reino Unido. Até 1968, nenhuma peça podia ser encenada publicamente sem a aprovação do escritório, que tinha o poder de autorizar ou proibir as produções com base em critérios morais e políticos.

24 E. H. Wright, 2011, op. cit., p. 80.

25 Virginia Stephen se casa com Leonard Woolf em 1912, quando passa a adotar o sobrenome do marido.

26 Os Apóstolos de Cambridge eram uma sociedade secreta de estudantes e ex-alunos da Universidade de Cambridge, fundada em 1820, que discutia filosofia, teologia e política. O grupo, conhecido por sua exclusividade, influenciou futuros líderes intelectuais e culturais. Ver: Davi Pinho, 2015, op. cit.

haviam formado, especialmente aqueles herdados do século anterior, quando participaram de noites teatrais típicas dos salões vitorianos.[27] Por outro lado, de maneira similar, os amigos de Bloomsbury formavam um círculo cujas primeiras reuniões (*At Homes*) e festas, repletas de piadas internas, não eram abertas ao público em geral, mas restritas a convidados seletos. Logo, considerar o grupo de Bloomsbury e suas intervenções artísticas e políticas como um movimento de vanguarda revela as complexidades e ambiguidades da cena modernista em que Woolf estava inserida, ao mesmo tempo que nos oferece uma perspectiva distinta dessa cena.

Nesse contexto, *Freshwater* de Woolf exemplifica com precisão a estética de Bloomsbury. Por meio do riso solto, a peça não apenas desafia as experimentações artísticas, mas também confronta as repetições de padrões discursivos opressivos, especialmente no que diz respeito às performatividades de gênero.[28] Ao integrar a obra nos debates pós-coloniais, Woolf utiliza a comédia para problematizar as dinâmicas violentas do poder colonial inglês, retratando a ida dos Camerons para o Ceilão [Sri Lanka], uma colônia do Império Britânico. Embora Woolf tenha expressado dúvidas sobre a qualidade de *Freshwater*, descrevendo-a como o trabalho de um "burro", essas incertezas não diminuem o valor da peça e seu diálogo com outros artistas e intelectuais de uma geração anterior: o Círculo de Freshwater.

27 E. H. Wright, 2011, op. cit., p. 79.

28 Judith Butler desenvolve o conceito de performatividade de gênero em sua obra *Gender Trouble: Feminism and the Subversion of Identity* (1990), argumentando que o gênero não é uma essência fixa, mas uma construção social reiterada por meio de atos e práticas discursivas. Para Butler, o gênero é performativo, pois sua aparente estabilidade resulta de repetições que criam a ilusão de uma identidade coerente. Essas práticas estão inseridas em uma matriz cultural que regula e normatiza os corpos e as identidades, podendo, no entanto, ser subvertidas por performances que desafiem as normas binárias e heteronormativas. Ver: Judith Butler, *Gender Trouble: Feminism and the Subversion of Identity*. Nova York: Routledge, 2017 [1990].

A escolha de Freshwater como cenário não é casual. Situada em uma ilha, a vila evoca um dos símbolos mais centrais à identidade britânica: a ilha como representação de aventura, descoberta e exploração. Esse imaginário insular, profundamente arraigado na cultura britânica, conecta-se à narrativa do Império como um projeto de expansão civilizadora e domínio colonial. No entanto, Woolf subverte essa simbologia ao transformar a ilha em palco de uma crítica farsesca aos valores coloniais e nacionalistas. A ilha, simultaneamente refúgio e espaço isolado, é reconfigurada como um microcosmo onde as contradições do Império Britânico são expostas e ironizadas, questionando o romantismo que envolvia a ideia de ilhas como territórios a serem explorados, controlados e apropriados.[29]

Essa ironia se intensifica quando consideramos a relação dos Camerons, satirizados na peça, com o colonialismo britânico. Charles Hay Cameron e Julia Margaret Cameron mantinham uma casa no Ceilão, então uma colônia estratégica do Império Britânico e também uma ilha. O Ceilão era fundamental para a economia imperial, fornecendo chá e especiarias e reforçando a narrativa colonial da ilha como local de riquezas naturais a serem exploradas para benefício da metrópole. A presença dos Camerons no Ceilão, enquanto membros de uma elite intelectual e artística, evidencia como as dinâmicas coloniais permeavam até mesmo a vida de figuras associadas à cultura e ao progresso.

Ao escolher Freshwater como título e cenário de sua comédia, Woolf estabelece um duplo jogo crítico. De um lado, ironiza a autoimagem da Grã-Bretanha como um centro insular de criatividade, isolado e protegido de influências externas, ao mesmo tempo que desconstrói a narrativa imperial que justificava a exploração colonial. Por meio do riso, a peça denuncia

29 Ver: Dianna Loxley, *Problematic Shores: The Literature of Islands*. Nova York: Palgrave Macmillan, 1990; Jeffrey Rosen, *Julia Margaret Cameron's 'fancy subjects': Photographic allegories of Victorian identity and empire*. Manchester: Manchester University Press, 2016.

o pensamento insular que sustentava o imperialismo britânico, revelando suas contradições internas e suas conexões com projetos de exploração global.

Dessa forma, *Freshwater* transcende o cômico superficial. O riso emerge como uma ferramenta de análise crítica, desvelando tensões entre o local e o global, o insular e o imperial, e convidando espectadores e leitores a refletirem sobre as narrativas culturais que moldavam o imaginário britânico da época. Woolf, ao reimaginar a ilha como um espaço de paródia e crítica social, transforma sua peça em uma obra que desafia o legado colonial e suas implicações na construção de identidades nacionais. Essa abordagem oferece uma lente potente para questionarmos as nossas heranças coloniais, que impuseram formas de pensar hierarquizantes, inferiorizando corpos racializados, como os de negros e indígenas, e suas intersecções com performatividades dissidentes de gênero. Tal debate é especialmente relevante para o público brasileiro, considerando a complexidade de nosso contexto sociocultural e histórico, marcado por opressões interseccionais que ainda persistem.

Vejamos algumas anedotas cômicas que contribuíram para a escrita farsesca de Woolf nesse contexto de crítica aos processos coloniais, o que certamente pode contribuir para o nosso debate atual sobre decolonialidade.

De salões a sátiras: uma jornada cômica de Little Holland House e Freshwater

A vila de Freshwater se transformou em um centro vital para uma comunidade artística vitoriana, semelhante ao que mais tarde será o grupo de Bloomsbury. O poeta Alfred Tennyson (1809–1892) adquiriu uma casa (Farringford House) na Ilha de Wight, na baía de Freshwater, na tentativa de fugir da vida urbana. Contudo, sua residência logo se tornou um ímã para admiradores, turistas e outros artistas. Entre esses visitantes estava Julia Cameron, que, após visitar Tennyson em 1860, foi cativada pela atmosfera criativa e decidiu se estabelecer na ilha.[30] A casa dos Camerons, Dimbola Lodge – nome que também se refere a um distrito na Província Central do Sri Lanka (Ceilão), onde a família Cameron possuía terras – ficava nas proximidades da residência de Tennyson, e ambas se converteram em polos de produção artística. Enquanto Tennyson declamava seus poemas, Cameron imortalizava o poeta e outros artistas, como George Watts e sua primeira esposa, a atriz shakespeareana Ellen Terry (1847–1928), por meio de sua fotografia.

Na farsa de Woolf, o poeta laureado Tennyson é retratado como um indivíduo alheio à realidade, obcecado por sua poesia, e pode ser lido, nos dias de hoje, como um libertino, especialmente em suas insinuações de cunho sexual dirigidas a Ellen: "Você já viu a pele de um poeta? Ah, você tinha que me ver no banho!" e "E você é uma moça muito bonita. Sente-se no meu colo". Ellen, em resposta, prontamente rebate essas insinuações de forma cômica, afirmando que a pele de Tennyson é feia e murcha.

O pintor simbolista George Watts, por sua vez, tem uma de suas obras mais famosas, o quadro *Mammon* (1884–1885), ridicularizada. Watts é apresentado de maneira exagerada, lutando para finalizar o dedão da figura da Cobiça (*Mammon*), um detalhe aparentemente insignificante para um pintor de sua experiência.

Já o casal Cameron é retratado de forma igualmente excêntrica: o jurista Charles Cameron passa a maior parte do tempo dormindo e, quando acorda, profere frases aparentemente sem sentido; Julia Cameron, por sua vez, é tão obcecada por sua arte que chega a ordenar o abate de um peru para que sua fotografia saia exatamente como ela imagina.

Embora essas figuras tenham contribuído significativamente para a cena artística de seu tempo, Woolf questiona até que ponto a boemia de Freshwater vivia de forma verdadeiramente transgressiva, sob o lema da arte pela arte. Ao enfatizar certos aspectos

30 Kristine Swenson, "Hothouse Victorians: Art and Agency". *Freshwater: Open Cultural Studies*, California, v. 1, n. 1, pp. 183-93, out. 2017.

biográficos desses artistas para fins cômicos, Woolf parece sugerir que a suposta transgressão poderia, na verdade, ser mera alienação, direcionando seu riso tanto ao passado quanto ao seu presente, incluindo a boemia de Bloomsbury.[31] Essa comunidade, embora ostentasse uma vida boêmia e à frente do tempo, refletia os valores vitorianos desse momento histórico e cultural, perceptíveis, por exemplo, no domínio que Watts exercia sobre Terry, na vaidade de Tennyson ao recitar seu poema "*Maud*" (1859), e na autoridade de Cameron ao utilizar suas empregadas como modelos fotográficas.[32]

Woolf constrói a comicidade em *Freshwater* ao reimaginar as vidas de excêntricos artistas vitorianos, baseando-se em anedotas familiares e no imaginário de sua própria herança cultural. A comunidade artística de Freshwater, formada em meados do século XIX, pode ser vista como precursora do grupo intelectual de Bloomsbury, do qual Woolf fazia parte. O tom satírico da peça, ao rememorar figuras emblemáticas do período vitoriano, não apenas questiona os avanços artísticos e filosóficos, mas também reflete sobre as possíveis repetições de padrões, especialmente no que diz respeito às performatividades de gênero que posicionavam – e continuam a posicionar – a mulher como um receptáculo de um feminino dócil e submisso.

A tia-avó de Woolf, a fotógrafa Julia Margaret Cameron, nasceu em Calcutá, na Índia, em 1815, poucos anos antes da invenção da fotografia. Filha do anglo-indiano James Pattle (1775–1845) e da francesa Adeline Maria L'Étang (1793–1845), Julia foi uma das dez crianças do casal, das quais três faleceram na infância. Sete irmãs sobreviveram, incluindo Maria Pattle (1818–1892), mãe de Julia Stephen (1846–1895), que, por sua vez, foi a mãe de Virginia

31 Victor Santiago, Davi Pinho, "Virginia Woolf em outra cena modernista: Por novas leituras de *Freshwater: a Comedy*". *Ilha do Desterro*, Santa Catarina, v. 76, pp. 403-22, 2023.

32 Jeffrey Rosen, *Julia Margaret Cameron's 'fancy subjects': Photographic allegories of Victorian identity and empire*. Manchester: Manchester University Press, 2016.

Woolf. As irmãs Pattle, fluentes em hindustani e francês, passaram parte da infância na França sob os cuidados da avó materna, Thérèse L'Étang (1768–1866). Essa vivência na França despertou o interesse de Julia pelas artes,[33] pois foi lá que conheceu importantes figuras artísticas, como o escritor William Makepeace Thackeray (1811–1863). Após ser apresentado às irmãs, Thackeray cunhou o termo *Pattledom*, possivelmente inspirado por sua tentativa frustrada de flertar com as moças solteiras, exceto Julia, que ele considerava a mais excêntrica e desajeitada das irmãs.

Virginia Woolf, em seu ensaio "Pattledom",[34] reflete sobre as mulheres Pattle e suas influências na Era Vitoriana. Para Woolf, esse grupo de mulheres exerceu um domínio peculiar sobre o Império Vitoriano com sua força e beleza, reconhecendo o talento singular de sua tia-avó e a importância de sua arte para gerações futuras. Na versão de 1923 de *Freshwater*, por exemplo, é a própria Sra. Cameron que reivindica seu talento: "Todas as minhas irmãs eram belas, mas eu tinha talento".

Em 1926, Woolf expandiu suas reflexões sobre a família Pattle no ensaio "Julia Margaret Cameron", uma versão ampliada de "Pattledom", publicada no livro *Victorian Photographs of Famous Men and Fair Women* (1926), que também inclui o ensaio de Roger Fry, intitulado "Mrs. Cameron's Photographs". Ambos, Woolf e Fry, já artistas consagrados à época, revisitaram a obra de Cameron e a analisaram de maneira complexa e, por vezes, ambígua.

Para Roger Fry, Cameron viveu em uma era marcada por intensa individualidade, na qual os manuais de conduta dos anos 1860 e 1870 moldavam os comportamentos. Apesar dessas restrições, seus contemporâneos não temiam encarar suas próprias

33 Colin Ford, "Geniuses, Poets and Painters: The World of Julia Margaret Cameron". In: Julian Cox e Colin Ford, *Julia Margaret Cameron: The Complete Photographs*. Los Angeles: The J. Paul Getty Museum, 2003.

34 Virginia Woolf. "Pattledom". In: *The Essays of Virginia Woolf: 1925–1928*. Andrew McNeillie (Org.). Florida: Harcourt Brace Jovanovich, 1988, v. 4., pp. 288-93.

imagens. Fry argumenta que, em mãos como as de Cameron, apenas grandes mestres da arte poderiam capturar e transmitir a aura de uma época.[35] Woolf, por outro lado, ultrapassou os limites de uma publicação que deveria, em princípio, apenas divulgar o trabalho de Cameron. Embora reconhecesse o talento artístico de sua tia-avó, Woolf entrelaçou análises estéticas com anedotas biográficas e humorísticas, criando um retrato multifacetado que transcende uma apreciação puramente formal.

Dessa forma, Woolf não apenas reafirma o papel de Julia Margaret Cameron na história da arte, mas também questiona e ressignifica as dinâmicas culturais e sociais da Era Vitoriana, utilizando o humor e a narrativa pessoal para dar profundidade ao legado de sua tia-avó.

Woolf inicia seu ensaio informando o leitor de que James Pattle, pai de Julia Cameron, era conhecido por seu caráter duvidoso, sendo frequentemente referido como "o maior mentiroso da Índia". Segundo Woolf, Pattle teria falecido em decorrência de excessos alcoólicos.[36] No leito de morte, ele teria solicitado à sua esposa que seu corpo fosse sepultado na Inglaterra, prática comum entre os jovens a serviço da Companhia Britânica das Índias Orientais. Para preservar o corpo durante a viagem, este deveria ser transportado imerso em álcool, provavelmente rum. Sua esposa, Adeline L'Étang, atendeu ao pedido e tentou transportar o corpo de Pattle em um navio, armazenado em um barril. Woolf narra que, durante a travessia, o barril teria explodido durante a noite, levando L'Étang a um estado de choque ao confrontar a visão do corpo do marido, o que a levou a falecer pouco tempo depois, em meio a delírios. Para tornar a narrativa ainda mais fantástica, Woolf acrescenta que os marinheiros teriam consumido o rum que preservava o corpo de Pattle e, por descuido de um deles, o excesso de álcool

35 Roger Fry, "Mrs. Cameron's Photographs". In: Tristam Powell (Org.). *Julia Margaret Cameron*. Londres: Pallas Athene, 2016, pp. 73-85.

36 Virginia Woolf, "Julia Margaret Cameron". In: S. P. Rosenbaum (Org.). *A Bloomsbury Group Reader*. Cambridge: Blackwell Publishers, 1993, pp. 81-8.

teria contribuído para um incêndio a bordo. Enquanto os marinheiros tentavam conter as chamas, a embarcação colidiu com uma rocha e ficou encalhada. Naquele momento, acreditava-se que Pattle era tão amaldiçoado que nem mesmo o diabo permitiria seu retorno à Inglaterra. Embora essa história seja marcada por elementos de exagero e fantasia, há diferentes versões desse relato. Sabe-se que a esposa de Pattle faleceu no mesmo ano que ele, embora não no exato momento da suposta explosão, e que o corpo de Pattle foi efetivamente sepultado em Londres.

Após essa introdução inusitada e cômica, Woolf observa que Julia Cameron teria herdado a vitalidade de seu pai. Enquanto James Pattle era famoso por suas mentiras, Cameron se destacava por sua comunicação apaixonada e por um comportamento pitoresco. De sua mãe, influenciada por sua educação francesa, Julia adquiriu um apreço pela beleza e um desprezo pelas convenções morais inglesas. Fry também reconhece que a busca pela beleza era central para Cameron, mas enfatiza que ela via a vida como algo igualmente sério e grandioso. Suas fotografias, segundo Fry, capturaram de maneira vívida aquele comportamento social remoto e singular, em que a sociedade da época performava a arte de viver como se fosse uma pintura, de forma quase natural. Em *Freshwater*, Woolf retrata a Sra. Cameron como uma artista tão obcecada com a beleza de seus modelos que chega a solicitar ajuda policial: "Pedi ajuda à força policial em Freshwater, e nenhum homem com panturrilhas dignas do cavaleiro Galahad eu pude encontrar".

A formação artística de Cameron começou efetivamente por volta de 1836. No final desse ano, ela viajou para a Cidade do Cabo, na África do Sul, para ajudar sua irmã Sarah, que se recuperava de uma doença.[37] Naquela época, muitos europeus que viviam e trabalhavam na Índia iam para a África do Sul para se

37 Colin Ford, "Geniuses, Poets and Painters: The World of Julia Margaret Cameron". In: Julian Cox e Colin Ford, *Julia Margaret Cameron: The Complete Photographs*. Los Angeles: The J. Paul Getty Museum, 2003.

recuperarem de doenças epidêmicas, como a malária, que afetava fortemente os europeus na Índia. Foi também na Cidade do Cabo que Cameron conheceu John Herschel (1792–1871), astrônomo e matemático cujas pesquisas revolucionaram os estudos astronômicos na primeira metade do século XIX. Herschel estava envolvido no mapeamento e análise de constelações, tendo construído um observatório na Cidade do Cabo, onde descobriu mais de 1.200 nébulas, presentes na constelação de Órion.

É provável que tenha sido Herschel quem introduziu Cameron à recém-inventada fotografia, e é plausível que eles tenham discutido tanto astronomia quanto fotografia, já que se tornaram próximos, com Herschel tornando-se padrinho do primeiro filho dos Camerons. Além disso, Herschel foi uma das muitas celebridades intelectuais da época que posaram para Julia em Freshwater. Essa relação foi ficcionalizada por Woolf, que via uma conexão entre as descobertas de Herschel e a arte da observação desenvolvida por sua tia-avó. Na versão de *Freshwater* de 1935, a Sra. Cameron está em Freshwater, mas prestes a partir para a Índia (Ceilão), onde seus primeiros sonhos artísticos começaram. Enquanto bajula Tennyson e seus trabalhos imortais, ela observa a constelação de Órion pela janela, que pode ser interpretada como uma moldura para seu olhar de fotógrafa.

Foi também na Cidade do Cabo que Julia conheceu o jurista Charles, seu futuro marido, que era vinte anos mais velho que ela. Charles tinha a saúde debilitada e apresentava movimentos limitados, provavelmente em decorrência dos sintomas da malária.[38] Mesmo nesse contexto, Woolf aproveita para inserir uma piada. O Sr. Cameron, nas duas versões da farsa, é retratado quase sempre sentado, com falas enigmáticas. Na versão de 1923, Maria, a empregada, lava seus cabelos; já na versão de 1935, é a própria Sra. Cameron quem insiste em lavar a cabeça do marido, sugerindo que ele teria dificuldades até para cuidar

38 Ibid., p. 14.

de sua higiene pessoal. Essa dificuldade pode, alternativamente, ter conotações metafóricas. Na versão de 1923, enquanto Maria lava sua cabeça, o Sr. Cameron declara: "Liberte sua mente das questões do presente. Procure a verdade onde a verdade está escondida. Siga a chama que não se apaga – Madalena, não puxe minha barba". Enigmaticamente, ele orienta Maria a buscar a verdade oculta, mas também a chama de Madalena, figura bíblica que quase foi apedrejada em praça pública antes de ser salva por Jesus Cristo. O Sr. Cameron parece ver em Maria uma "mulher mundana" (*Fallen Woman*), cuja inocência foi perdida. A piada interna de Woolf na farsa de 1923 faz referência a Mary Ann Hillier (1847–1936), jovem empregada dos Camerons que posou diversas vezes para Julia como Nossa Senhora, mãe de Cristo.[39]

Apesar de sua saúde frágil, Charles acumulou uma pequena fortuna, graças a investimentos em promissoras plantações de café. Naquela época, o Ceilão ainda estava sob o domínio do Império Britânico, e o café movimentava a economia de forma significativa durante o período conhecido como a "Era de Ouro do Café Cingalês". De 1830 a 1831, Charles esteve no Ceilão como copresidente da Comissão Colebrooke, com a missão de auxiliar na reforma administrativa e legislativa do país. Encantado pela ilha e pela ascensão da produção de café, decidiu adquirir terras na região de Dimbola. Foi nesse período que conheceu Julia (Pattle). Casaram-se em 1838 e tiveram seis filhos.

Aparentemente, a família Cameron levou uma vida confortável em Calcutá, sustentada pelos lucros gerados pela exportação de café. No entanto, após cinco anos, decidiram retornar à Inglaterra, possivelmente porque dois de seus filhos já viviam lá com as tias Pattle, que eram solteiras. O casal inicialmente estabeleceu-se em Tunbridge Wells, em Kent, e posteriormente mudou-se para East Sheen, nos arredores de Londres, onde se tornaram amigos do poeta Henry Taylor (1800–1886). Em Sheen, conheceram Alfred

39 Ver Lucio P. Ruotolo, 1975, op. cit.

e Emily Tennyson, o que possivelmente inspirou o gênio artístico de Julia. Além disso, nas proximidades de Sheen, residia sua irmã Sarah Pattle, que se tornaria Sarah Prinsep (1816–1887) após seu casamento com Henry Thoby Prinsep (1792–1878).

Os Prinseps decidiram transformar sua residência em um ponto de encontro para renomados políticos, escritores e artistas, entre os quais se destacou George Watts, que se autodenominava o "Michelangelo inglês".[40] Essa autopercepção provavelmente inspirou a caricatura narcisista que Woolf criou dele em *Freshwater*. Foi também Watts quem informou aos Prinseps sobre a existência de uma pequena casa desocupada na propriedade do político inglês Lord Holland (1773–1840), que frequentemente se ausentava para viagens à Itália. Em 1851, decidiram mudar-se para essa residência, que ficou conhecida como Little Holland House. Essa casa tornou-se célebre pelas reuniões dominicais que abrigava, frequentadas por diversas celebridades intelectuais. Watts, inclusive, deixou de ser apenas um visitante e passou a residir na pequena casa de Holland. Já Julia frequentava assiduamente as reuniões organizadas por sua irmã. Nessas ocasiões, ela não apenas participava dos intensos debates entre intelectuais e artistas sobre política, ciência e artes, mas também conhecia muitos daqueles que viriam a se tornar modelos para suas fotografias, como Watts, Tennyson e Ellen Terry. Little Holland House era um espaço ilustre, onde a arte da conversação era celebrada acima de tudo. Diferente de um ambiente dedicado à leitura silenciosa, ali não havia apenas livros, mas sim um grande empenho na troca de ideias e na elaboração de pensamentos inovadores. A jovem atriz Ellen Terry, cuja profissão era cercada de má fama, buscava novas experiências além dos palcos. Aos quinze anos, já considerada um prodígio, Terry sentia a necessidade de explorar outros mundos. Em suas memórias, ela relata: "Estava apenas sonhando e ansiando por um outro

40 Ibid., p. 18.

mundo, um mundo cheio de fotografias, música e nobres artistas com vozes suaves e gestos elegantes. A realidade de um mundo assim existia em Little Holland House, o lar do Sr. Watts".[41] Mais adiante, Terry menciona que foi apresentada a Watts por seu amigo Tom Taylor e na prolífica casa de Watts também conheceu Julia e Tennyson. Em suas memórias, ela descreve Little Holland House como um verdadeiro paraíso, onde apenas a indivíduos belos era permitida a entrada. No entanto, essa descrição de Terry revela uma visão binária e problemática do ambiente, dividindo-o entre "mulheres graciosas" e "homens talentosos". Como ressalta Nina Auerbach, biógrafa de Terry, Little Holland House tinha apenas a aparência de um lugar amigável, mas, na verdade, ainda perpetuava pensamentos antiquados, em contraste com o espírito de descobertas da época.[42] Além disso, Sarah Prinsep, provavelmente, não considerava o teatro uma forma de expressão artística digna de respeito e teria achado que Watts se rebaixara ao se envolver com uma atriz.

Em *Freshwater*, na versão de 1935, Woolf parece satirizar a imagem negativa das atrizes. No terceiro ato, após ver Ellen beijar John, Watts declara: "Agora que a vejo como é, maquiada, cheia de pó, eu não consigo mais. Suma com o seu amante". Essa fala alude à maquiagem que as atrizes usavam nos palcos, em oposição à idealização da mulher virginal, frequentemente retratada com o rosto velado. No entanto, ao longo de sua carreira, Terry viu a reputação de sua profissão melhorar significativamente, sendo reconhecida em 1925 como Dame Ellen Terry, uma das mais importantes atrizes de sua geração.

Em 1853, Alfred e Emily Tennyson decidiram ter uma vida mais tranquila e se mudaram para a vila de Freshwater, na Ilha de Wight. A casa escolhida foi Farringford, em uma parte mais reservada da ilha. No entanto, a tranquilidade que buscavam

41 Ellen Terry, *The Story of My Life: Recollections and Reflections*. Nova York: Doubleday, Page & Co., 1908. E-book.

42 Ver Nina Auerbach, *Ellen Terry, Player in Her Time*. Nova York: Norton, 1987.

nesse lugar foi interrompida, pois Tennyson já era um poeta ilustre e consagrado. Em 1850, ele foi laureado pela rainha Victoria em reconhecimento à sua significativa contribuição literária, o que lhe rendeu muitos admiradores. Mesmo distante da boemia de Little Holland House, Farringford, como já mencionado, tornou-se um ponto de atração para artistas e curiosos que desejavam ouvir Tennyson recitar seus versos.[43] Woolf, em sua farsa de 1935, ironiza a fama "divinal" do poeta laureado, satirizando a reverência quase religiosa que o cercava.

> Vinte confiáveis jovens de Clerkenwell estão no jardim de arbustos; seis professores americanos estão na casa de veraneio; o banheiro está ocupado pelo Grupo de Poetisas Americanas. Não há lugar onde o filho do homem possa repousar sua cabeça e descansar sua mente.

A expressão "Não há lugar onde o filho do homem possa descansar sua cabeça" faz referência a uma fala de Jesus Cristo diante daqueles que o seguiam, indicando que o seguir não seria uma tarefa fácil. Woolf utiliza essa citação para satirizar a figura de Tennyson e, ao final da peça de 1935, ironiza sua condecoração, quando a rainha Victoria lhe concede um título de nobreza.

Os Camerons também visitavam frequentemente os Tennyson em Freshwater, e Julia costumava passar dias na companhia deles, muitas vezes levando seus filhos, que viam de perto sua mãe desenvolver a arte da fotografia, os Camerons decidiram comprar um conjunto de casas na ilha, que batizaram de Dimbola. Dessa forma, os Camerons e os Tennyson se tornaram vizinhos, e Freshwater assumiu um papel semelhante ao de Little Holland House. Entre as décadas de 1860 e 1870, várias celebridades visitaram a ilha e foram capturadas tanto pela atmosfera artística quanto pelas lentes de Cameron. Em 1875, Julia Hay Cameron (1838–1873) presenteou sua mãe com uma

43 Swenson, 2017, op. cit., p. 183.

câmera para que ela se distraísse quando estivesse sozinha na ilha. O que inicialmente era para ser um passatempo acabou se transformando em uma forma de arte. Em "*Annals of My Glass House*" (1875), Cameron registrou os desafios que enfrentou ao lidar com uma técnica fotográfica ainda embrionária, mas expressou que, mesmo assim, encontrava-se em um estado de felicidade inenarrável.

> O presente daqueles que amei com tanto apreço proporcionou muito mais estímulo ao meu profundo amor pelo belo, desde o primeiro instante que segurei a minha câmera com um ardor cheio de afeto, e isso se tornou algo que vive para mim, com voz e memória e vigor criativo.[44]

Sendo Charles Cameron um ilustre jurista, Julia Cameron foi considerada muito bem-sucedida em seu matrimônio pelos padrões da época. No entanto, para mulheres de classe média-alta ter o próprio sustento não era visto como algo respeitável. Apesar de ter tido seis filhos, Cameron rompeu as barreiras de gênero da Era Vitoriana, já que seu marido, aparentemente, não se opunha ao seu trabalho como artista. Cameron viajava frequentemente para Little Holland House em busca de artistas cujas belezas ela desejava capturar em suas fotografias. Foi ali que Henry Cole (1802–1882), designer britânico e diretor do Museu de Arte de South Kensington, foi fotografado por Cameron e ficou tão impressionado com seu trabalho que comprou algumas de suas fotografias em 1865, exibindo-as no museu. Essa foi a primeira vez que o trabalho de Cameron foi não apenas reconhecido, mas também remunerado, o que contrariava as condutas esperadas das mulheres da época.[45]

44 Julia Cameron, "Annals of My Glass House". In: Tristam Powell (Org.). *Julia Margaret Cameron*. Londres: Pallas Athene, 2016, pp. 66-74.
45 Ford, 2003, op. cit., p. 24.

Em 1873, os Prinseps descobriram que o contrato de locação de Little Holland House não seria renovado, pondo fim às célebres reuniões de artistas. Contudo, Watts, que também se viu sem moradia, conseguiu que uma casa fosse construída para ele e para o casal Prinsep em Freshwater. Em 1874, os três se mudaram para essa residência, que ficou conhecida como The Briary. Com isso, a Ilha de Wight ganhou mais um polo artístico, embora Farringford e Dimbola já fossem os principais centros artísticos da ilha, onde se formou o famoso Grupo de Freshwater. Cameron e Tennyson eram os grandes anfitriões dessas célebres reuniões, que frequentemente contavam com mais de trinta pessoas, todas ávidas por discutir literatura e ouvir o poeta laureado recitar seus versos. Isso sugere que Tennyson era uma pessoa sociável, e não o indivíduo egocêntrico que queria uma audiência aos seus pés. Além das reuniões literárias, a ilha também sediava noites musicais e teatrais organizadas por Cameron e Tennyson. Era comum que as famílias vitorianas se reunissem para jogar ou participar de farsas, tanto para entretenimento quanto para arrecadar doações. Cameron, por sua vez, não perdeu tempo e criou seu próprio teatro, o Thatched House, nos jardins de Dimbola; e Tennyson construiu um salão de dança que recebia os convidados após as performances na casa de sua amiga. Os filhos de Tennyson também participavam das apresentações, assim como os membros da plateia, que eventualmente eram convidados a desempenhar algum papel, o que indica que as performances eram improvisadas. A maioria das encenações era de farsas, aparentemente nunca adaptadas de forma profissional. Essas noites teatrais funcionavam basicamente como exercícios criativos para os artistas envolvidos. Um exemplo é *Helping Hands*, adaptado por Tom Taylor, amigo de Ellen Terry, que foi um dos melodramas encenados no Thatched House. Assim como os amigos do grupo de Bloomsbury, os membros do Grupo de Freshwater também experimentavam novas formas de expressão artística.

Finalmente, após anos imersos no ambiente artístico e farsesco de Freshwater, Charles e Julia Cameron decidiram partir para o promissor Ceilão, levando consigo uma vaca e dois caixões.[46] A decisão dos Camerons de partir para o Ceilão foi motivada por fatores econômicos e pessoais. Julia Cameron, embora relutante em deixar a Inglaterra, onde havia encontrado sua vocação artística e cultivado relações com artistas e amigos, acabou cedendo aos desejos de seu marido em 1875, quando ela tinha sessenta anos e Charles Cameron, oitenta. Considerando a idade avançada de Charles e a incerteza sobre quanto tempo de vida ainda lhe restava, Julia aparentemente concordou em partir, levando em consideração também que muitos amigos não estavam mais na Inglaterra ou tinham falecido e os filhos já estavam estabelecidos no Ceilão.

Julia também acreditava que seria difícil encontrar caixões adequados na Ásia,[47] razão pela qual os Camerons decidiram levar dois caixões consigo, além de uma vaca. Nas duas versões de *Freshwater*, Woolf menciona os caixões, mas omite a vaca. Herbert observa que o destino da vaca permanece desconhecido, mas os caixões não foram perdidos; em 1879, Julia Margaret Cameron faleceu, e Charles Hay Cameron morreu um ano depois. Ambos foram enterrados na cidade de Kalutara, no Sri Lanka.

Em *Freshwater*, a paixão de Cameron por sua arte é retratada de maneira cômica. A Sra. Cameron aparece como uma figura caricata, obcecada por sua arte e pela beleza de seus modelos. A forma como Woolf narra as conquistas de sua tia-avó é, sem dúvida, ambígua, mas essa ambiguidade reflete seu método modernista, que busca novas formas de interpretar a história. Em seu ensaio "*The New Biography*",[48] Woolf afirma que os dias da

46 Eugenia Herbert, *Julia Margaret Cameron in Ceylon: Idylls of Freshwater vs. Idylls of Rathoongodde. 2014*. Disponível em: https://publicdomainreview.org/essay/julia-margaret-cameron-in-ceylon-idylls-of-freshwater-vs-idylls-of-rathoongodde. Acesso em: 22 out. 2020.

47 Ver posfácio de Davi Pinho neste volume.

48 Virginia Woolf, "The New Biography". In: Virginia Woolf, *Granite and Rainbow: Essays*. Org. de Leonard Woolf. Londres: Harcourt Brace Jovanovich, 1958, pp. 149-55.

biografia vitoriana haviam terminado, referindo-se ao método detalhista e linear de narrar vidas. Com *Freshwater*, Woolf mistura realidade e ficção, granito e arco-íris, fatos históricos e anedotas humorísticas, criando um tecido dramático, uma teia sempre aberta a novas interpretações e histórias, como podemos observar a seguir, nas duas versões dessa peça única de Woolf: a primeira, de 1923, e a versão revisada e expandida de 1935, cada uma revelando diferentes nuances dessa comédia subversiva e provocativa.

Neste volume, você encontrará uma tradução comentada de *Freshwater*, que se conecta ao projeto estético e político-feminista de Woolf, explorando sua relação com o teatro, a performance e as intervenções culturais do grupo de Bloomsbury. Este trabalho convida o público a descobrir uma Woolf que ri, brinca e desafia as normas sociais de sua época. Ao trazer à luz essa obra pouco conhecida, este livro amplia o escopo dos estudos woolfianos no Brasil, oferecendo uma nova perspectiva sobre a escritora e suas múltiplas facetas. Os leitores são convidados a embarcar nesta jornada, através da qual o humor serve como uma ferramenta poderosa para a crítica social e a subversão de ideários hegemônicos. Prepare-se para uma experiência que desafia o convencional e ilumina o legado de Woolf de uma forma inédita e surpreendente.

VICTOR SANTIAGO

SOBRE O TRADUTOR

Victor Santiago é professor adjunto de inglês e literatura da Universidade Federal do Acre (UFAC). Doutor em literaturas de língua inglesa e mestre em literatura comparada pela Universidade do Estado do Rio de Janeiro (UERJ), é graduado em letras pela Pontifícia Universidade Católica do Rio de Janeiro (PUC-Rio). É responsável pela tradução inédita ao português brasileiro da farsa modernista *Freshwater: A Comedy* (1923/1935), de Virginia Woolf, projeto que integra sua tese de doutorado, *Freshwater: Uma comédia de Virginia Woolf – uma farsa modernista em tradução* (2022). Essa tradução foi adaptada para os palcos e é a base da primeira montagem brasileira da peça no Sesc Ipiranga/SP, idealizada em parceria com Gabriel Saito e dirigida por Sol Faganello. Além da tradução, Santiago é responsável pelo trabalho de dramaturgismo da produção. Por fim, é também coorganizador do livro *Celebrando Virginia Woolf* (2024).

1923

FRESHWATER

PERSONAGENS

SR. CHARLES CAMERON, o jurista
SRA. JULIA CAMERON, a fotógrafa
GEORGE F. WATTS, o pintor
ELLEN TERRY, a atriz
LORD ALFRED TENNYSON, o poeta
SR. JOHN CRAIG, o capitão
MARIA MADALENA, a empregada
CRIADOS

Um estúdio em Dimbola, casa dos Camerons,[1] *cheio de fotografias;*[2] *Charles Cameron, um ancião com cabelos e barba*[3] *brancos, está sentado com uma toalha de banho ao redor do pescoço. Maria Madalena,*[4] *a empregada, está empenhada em secar o cabelo de Charles que acaba de ser lavado, e está bem sedoso.*

SR. CAMERON[5] É a sexta vez em oito meses! Sempre que nos preparamos para ir à Índia,[6] Julia insiste – [*Aqui, MARIA, que está penteando CHARLES, puxa o cabelo dele com força.*] – Ai! Ai! Ai! – Julia insiste que a minha cabeça seja lavada.[7] Ainda que a gente nunca vá à Índia. – Às vezes acho que nunca iremos à Índia. No último momento algo acontece – algo sempre acontece. E assim nós continuamos aqui, vivendo essa vida de poesia, de fotografia, de banalidade, e nunca deverei ver a terra de minha juventude mística. Nunca poderei desvendar a verdadeira natureza da virtude dos filósofos jejuadores do Baluquistão.[8] Nunca poderei solucionar o grande problema, ou entender o Sentido da Vida. Sou um cativo nas mãos da Circunstância – [*nesse momento, MARIA puxa a barba de CHARLES.*] Ai! Ai! Ai!

MARIA Sr. Cameron, querido Sr. Cameron, deixe-me lavar a sua barba. É a barba mais bela de toda a Ilha de Wight. A Sra. Cameron nunca deixará o senhor ir à Índia – [*Entra a SRA. CAMERON, uma senhora de rosto bronzeado tal qual uma cigana,*[9] *vestindo um xale verde, preso por um enorme camafeu. Ela para repentinamente e ergue a mão.*]

SRA. CAMERON Que fotografia! Que composição! A verdade bebendo na fonte da inspiração! A alma libertando-se do corpo! Para cima, menina, olhe para cima! Jogue os braços em torno do pescoço dele e olhe para cima. [*MARIA e o SR. CAMERON fazem uma pose.*] Deixe sua cabeça pender sobre o peito, Charles. A alma acaba de deixar a morada. Ela lança voo – onde estão as asas, as asas do anjo, as asas do peru, que os Andrews me deram no último Natal?

MARIA Estão embaladas, senhora.

SRA. CAMERON Embaladas – embaladas por quê? Ah – Lembrei. Iniciamos nossa jornada para a Índia às 2:30 em ponto. [*MARIA continua escovando a barba do SR. CAMERON.*] Vocês já ouviram algo mais irritante? Estou prestes a finalizar meu estudo do cavaleiro Galahad[10] velando o Santo Graal sob a luz da lua. A cozinheira já está a postos. A luz está sublime. No último instante, chega a notícia de que Galahad tem que levar as ovelhas para outra cidade. É dia de feira. Ovelhas! Dia de feira! [*Com bastante desdém.*] Onde vou encontrar outro Cavaleiro só Deus sabe! [*Ela olha distraidamente pela sala, pela janela e por um curto espaço de tempo.*]

SR. CAMERON [*deitado de olhos fechados, enquanto MARIA lava sua barba.*] Liberte sua mente das questões do presente. Procure a verdade onde a verdade está escondida. Siga a chama que não se apaga – Madalena, não puxe minha barba. Livre-se das suas futilidades.

Deixe-nos ser livres como pássaros do vento. [*Ficando cada vez mais entusiasmado e falando alto e de modo profético.*] Às 2:30 viajamos para a Índia! [*A porta se abre quando ele diz isso e* LORD TENNYSON *entra.*]

LORD TENNYSON Bem que Emily[11] me contou. Julia Cameron encomendou os caixões, ela disse, e às 2:30 partem para a Índia.

SRA. CAMERON [*indo em direção a ele e falando com uma voz sepulcral*] Julia Cameron encomendou os caixões, mas os caixões não chegaram. Deve ser aquele patife do Ashwood de novo. Pela sexta vez encomendei os caixões e os caixões não foram entregues. Mas sem os seus caixões Julia Cameron não irá à Índia. Pois, Alfred [*ela fica de pé diante dele e o olha fixamente*], quando estivermos mortos sob o Cruzeiro do Sul, minha cabeça será colocada sobre uma cópia de *In Memoriam*.[12] *Maud*[13] repousa em meu coração. Em minha mão direita, seguro a pena que escreveu – sob a Divina Providência[14] – "A morte de Arthur".[15] Na esquerda, a pantufa que você lançou na minha cabeça quando pedi que posasse para o meu milésimo estudo sobre Arthur se despedindo do Cavaleiro Bedivere.[16] [*Ela lança os olhos para cima e fala com voz profundamente arrebatada.*] Está tudo acabado, Alfred. Tudo está pronto. É uma profunda noite austral. A constelação de Órion[17] no firmamento resplandece. O aroma dos tulipeiros flutua pela janela aberta.

O silêncio é quebrado apenas pelos lamentos dos meus leais amigos e pelo ocasional rugido de um tigre solitário. E então – o que é isto? Que desgraça é esta? [*Ela sente algo em seu pulso, o retira com os dedos e mostra para* TENNYSON.] Um cupim! Um cupim! Estão vindo da floresta em bandos, Alfred.[18] Consigo ouvir o estalido de suas inumeráveis patas. Eles me alcançarão antes do amanhecer. Irão devorar a carne de meus ossos. Alfred, eles vão devorar *Maud*!

LORD TENNYSON [*bastante chocado*] Que Deus tenha piedade da minha alma! A mulher está certa. Estão devorando *Maud*! Isso é tão asqueroso. Eles têm que ser impedidos. De fato, estão devorando *Maud*! Minha doce *Maud*! [*Ele aperta o livro por debaixo do braço.*] Que destino cruel! Que futuro detestável! Aqui estão meus dois prezados velhos amigos, prontos para navegar, em menos de três horas, em direção a uma ilha desconhecida onde, independentemente do que mais possa acontecer, nunca mais poderão me ouvir recitar *Maud* novamente. Mas [*ele olha para seu relógio*] que horas são? Ainda temos duas horas e vinte minutos. Já li em menos tempo. Vamos começar.

[*LORD TENNYSON senta-se à janela que dá para o jardim e começa a ler em voz alta.*]
Odeio o terrível silêncio que a mata esconde,
Cujas margens em algum lugar distante
encontram-se imersas

Em terrenos áridos cor de sangue,
À beira de nervuras rochosas que gotejam
um terror
Silencioso e sangrento,
E Eco, ali, não importa o que se pergunte,
responde: "Morte".[19]

SRA. CAMERON [*interrompendo* TENNYSON] Alfred, Alfred! Estou à procura do Cavaleiro Galahad. Onde poderei encontrar um Galahad? Há algum jardineiro, caseiro ou jovem serviçal em Farringford[20] que tenha panturrilhas – ele precisa ter boas panturrilhas. Hallam,[21] seu filho, nossa, como cresceu. Um Galahad! Um Galahad!

[*SRA. CAMERON começa a apertar as mãos e queixar-se em tom de lamento "Um Galahad" porta afora, enquanto LORD TENNYSON continua sua leitura ininterruptamente.*]

LORD TENNYSON Pois lá no sombrio precipício há muito
tempo um
corpo foi encontrado,
Daquele que me deu a vida – Oh Pai!
Oh Deus!
Estava ele em bom estado? –
Despedaçado, aterrado, e esmagado,
e absolvido
Pela terra;
Lá ainda jaz a rocha que despencou
juntamente
Com sua queda.[22]

[*LORD TENNYSON fica compenetrado em sua leitura e não percebe que SRA. CAMERON saiu da sala*[23] *e que SR. CAMERON adormeceu e ronca suavemente.* TENNYSON *não para de ler. A porta é aberta e* ELLEN TERRY *entra, envolta em um véu branco que cai sobre sua cabeça e ombros e que chega até os pés.*[24] LORD TENNYSON *continua lendo para si mesmo em um tom de voz relativamente baixo, sem perceber que* ELLEN *está lá.* SR. CAMERON *continua roncando levemente.*]

ELLEN [*olhando de um para outro*] Ah, sempre a mesma coisa. Nada muda nesta casa. Tem sempre alguém dormindo. Lord Tennyson está sempre lendo *Maud*. A cozinheira está sempre sendo fotografada. Os Camerons estão sempre partindo para a Índia. Eu estou sempre posando para o Signor. Hoje eu sou a Modéstia – a Modéstia de cócoras aos pés da Cobiça. Se não fosse pela Cobiça, eu deveria estar lá ainda. Mas o dedão do pé da Cobiça não está em harmonia com a pintura. É óbvio que o Sr. Watts com os seus altos ideais não deixaria isso passar despercebido. Então eu saí de fininho e fugi. Se ao menos eu *pudesse mesmo* fugir. [*Ela aperta as mãos em desespero.*] Afinal, nunca imaginei que teria que passar por isso quando me casasse com o Sr. Watts. Imaginava que artistas fossem pessoas bem-humoradas – sempre se vestindo bem e contratando carros de aluguel e indo a piqueniques e bebendo champagne e comendo ostras e beijando uns aos outros e – bem, se comportando como a família Rossetti.[25] Já o Signor não consegue comer nada a não ser carne de segunda bem picada e passada no moedor duas vezes. Ele bebe um copo d’água quente às nove e vai para cama usando meias de algodão às 9:30

em ponto. Em vez de me beijar, ele me dá uma rosa branca todas as manhãs.[26] Todos os dias de manhã ele diz a mesma coisa – "Tudo por um bem maior, Ellen! Tudo por um bem maior". E é claro que eu tenho que posar para ele o dia inteiro.[27] Todos dizem que eu devo estar muito orgulhosa de um dia estar pendurada para todo o sempre na Galeria Tate,[28] em Londres, como a Modéstia aos pés da Cobiça. Mas sou uma miserável, acho. Tenho pensamentos horríveis. Vez ou outra, na verdade, quero subir no palco e ser uma atriz. O que Signor diria se soubesse disso? E, então, quando estou vestida assim toda de branco, e debaixo do grande dedão da Cobiça, do nada vem à minha cabeça que eu deveria gostar de alguém que se apaixonasse por mim. E o que é pior – ah, é tão difícil verbalizar que não consigo imaginar se terei coragem de continuar me ajoelhando por muito tempo –, alguém se apaixonou por mim. Pelo menos, é o que eu acho. Foi assim. Signor e eu estávamos colhendo prímulas[29] em Maiden Lane.[30] De repente, ouvi o som de um galope, e um cavaleiro a cavalo pulou por cima de nossas cabeças. Por sorte, a trilha era bem larga, ou teríamos sido mortos. Por sorte, Signor não ouve bem e não escutou nada. Mas tive tempo de ver um belo rosto queimado de sol e com bigode e consegui apanhar isto. [*Ela tira um pedaço de papel do bolso de seu vestido e começa a ler.*] Venha até o jardim, Nell, estou sozinho na entrada.[31] Terça, ao meio-dia, Craig. Terça! Ao meio-dia! Craig!

Hoje é terça. [*Ela caminha até a lareira e olha para o relógio.*] Já são 11:30. Mas quem é Craig?

LORD TENNYSON [*explodindo de tanta irritação*] O Sr. Colvin[32] tem o atrevimento de dizer que minha poesia é melhor do que minha prosa. Já o Sr. Gosse[33] teve a audácia de afirmar que que minha prosa é melhor do que minha poesia. Esse é o tipo de crítica que tenho que suportar. Essa é a minha porção diária de insulto e injustiça. Se eu não fosse o homem mais estoico do mundo, a pele dos meus punhos inflamaria e daria bolhas roxas e vermelhas por conta das milhares de picadas de insetos venenosos da imprensa! [*Ele estende sua mão e olha para ela.*] Esta é uma mão admirável agora. Sua pele é como a pétala de uma rosa murcha. Senhorita [*apontando para* ELLEN], você já viu a pele de um poeta? Ah, você tinha que me ver no banho! Minhas coxas são como vasos de alabastro.[34]

ELLEN É uma pele bem formosa, Sr. Tennyson.

LORD TENNYSON E você é uma moça muito bonita. Sente-se no meu colo.

ELLEN Às vezes me pego pensando que o senhor é o mais sensato de todos, Sr. Tennyson.

LORD TENNYSON [*beijando-a*] Tenho bom senso para a beleza em todas a suas formas. Essa é a minha função como Poeta Laureado.

ELLEN Diga-me, Sr. Tennyson, já colheu prímulas alguma vez em sua vida?

LORD TENNYSON Milhares e milhares de vezes.

ELLEN E a Sra. Tennyson já saltou por cima de sua cabeça?

LORD TENNYSON Saltar? Emily, saltar? Ela está deitada em seu sofá há cinquenta anos. Ela chegou a fazer isso em sua lua de mel, e eu ficaria surpreso, na verdade ficaria chocado, se ela se levantasse novamente.[35]

ELLEN Então, suponho que nunca esteve apaixonado. O senhor nunca esteve com a vida bagunçada. Ninguém nunca o pintou com suas roupas de baixo. Ninguém nunca lhe deu uma rosa branca. Ninguém nunca deixou cair um bilhete em suas mãos e partiu a cavalo.

LORD TENNYSON Meu filho, Hallam, nunca andou a cavalo. Tinha uma má postura para cavalgar. Minha vida tem sido particularmente livre desse tipo de aventura amorosa que você descreve. Continue.

ELLEN Se o senhor fosse um jovem rapaz e visse alguém com quem quisesse se casar e ela já fosse casada com um homem bem mais velho, o senhor jogaria tudo para o alto – seu nome, sua reputação, sua casa, seus livros, seus criados, sua esposa – para fugir com ela?

LORD TENNYSON [*de modo bem agitado*] Provavelmente! Provavelmente faria isso, sim! Iria. Eu iria.

ELLEN Obrigada, Lord Tennyson. O senhor é um grande poeta!
[*Ela o beija, sai de seu colo e corre porta afora.*]

SR. CAMERON [*abrindo os olhos vagarosamente*] Alfred! Alfred!

LORD TENNYSON [*muito assustado*] Achei que estivesse dormindo!

SR. CAMERON É quando nossos olhos estão fechados que melhor enxergamos.

LORD TENNYSON Mas não há necessidade de contar isso para Emily.

SR. CAMERON [*sonhadoramente*] Eu adormeci e tive uma visão. Imaginei que estivesse tendo uma visão do futuro. Vi um ônibus amarelo indo em direção aos jardins de Farringford. Vi jovens moças com lábios avermelhados beijando rapazes sem um pingo de vergonha. Vi milhares de quadros com milhares de maçãs. Meninas jogavam. Homens nobres não eram mais respeitados. A pureza tinha abandonado a chama do lar. A cama de casal encolheu e virou uma cama de solteiro. De todo modo, enquanto perambulava, perdido, confuso, completamente desorientado, e passava pelos portões da casa de Alfred Tennyson, senti o sabor da juventude retornar. Meus olhos enxergavam melhor, meu cabelo escureceu,

minhas forças renasceram. E [*tremendo e estendendo os braços*] havia uma donzela – deslumbrante, mas não totalmente uma ninfa angelical.
Seu nome era Lydia.[36] Uma bailarina. Veio de Moscóvia. Já tinha dançado para o czar. Ela me puxou pela cintura e girou comigo pelos pés de groselha. Ah, Alfred, Alfred, me diga, foi apenas um sonho?

[*Entra* GEORGE FREDERIC WATTS *segurando uma paleta.*]

WATTS Onde está Ellen? Alguém viu Ellen? Ela deve ter saído de mansinho do estúdio sem que eu percebesse. [*Vira-se para a plateia e fala com um tom de voz entusiasmado.*] Louvado seja o todo-poderoso Arquiteto! O dedão da Cobiça está finalmente, sob a Divina Providência, em harmonia com a pintura. Ah, meus velhos amigos, esse dedão me deu meses de trabalho – meses de trabalho árduo. Não me permiti ter um minuto de descanso. Sobrevivi de carne de segunda picada passada no moedor duas vezes, e meu espírito incansável manteve sua prece – Tudo por um bem maior! Tudo por um bem maior. Finalmente a minha prece foi ouvida; meu pedido contemplado. O dedão, o grande dedão está agora em harmonia com a pintura.
[*Ele se senta.*]

LORD TENNYSON [*de modo apático*] Às vezes me parece que o dedão do pé não seja a parte mais importante do corpo humano, Watts.

WATTS [*de modo sobressaltado*] E aqui fala a voz de um verdadeiro artista. Você está certo, Alfred. Despertou-me de minha exaltação momentânea; para cima, você aponta para cima. Você me faz perceber que mesmo sendo bem-sucedido, humanamente falando, com o dedão, ainda não resolvi o problema dos trajes. Isso, de fato, é um problema extremamente difícil. Pela minha forma de lidar com os trajes, desejo expressar duas ideias distintas e bem contraditórias. Em primeiro lugar, desejo passar para o espectador a ideia de que a Modéstia está sempre usando um véu; em segundo lugar, de que a Modéstia está completamente nua. Por muito tempo, tenho estado perdido. Finalmente, consigo pensar em uma solução. Vou envolvê-la em uma bela textura branca que tenha a aparência de um véu; mas se examiná-la de perto parecerá ser composta de inúmeras estrelas. Trata-se basicamente da Via Láctea. Pois, de acordo com a mitologia dos antigos egípcios,[37] a Via Láctea estava lá para simbolizar – deixe-me ver, o que ela simbolizava?

[*Ele procura por algo em seus bolsos e puxa um grande livro.*]

[*Entra a* SRA. CAMERON *com sua câmera.*]

SRA. CAMERON Qual é a serventia de um policial se ele não tem boas panturrilhas, pernas bonitas? E aqui vocês podem ter noção da tragédia que é a minha vida. Esta é a mensagem de Julia Margaret Cameron para a sua geração! [*Ela se senta e encara a plateia.*] Todas as minhas irmãs eram belas, mas eu tinha talento [*tocando a testa*]. Elas se casaram com homens, mas eu sou casada com a Arte. Procurei pela beleza nos lugares mais inusitados. Pedi ajuda à força policial em Freshwater, e nenhum homem com panturrilhas dignas do cavaleiro Galahad eu pude encontrar. Mas, como disse para o Sr. Constable:[38] "Sem beleza, Constable, o que é a ordem? Sem vida, o que é a lei?". Por que eu deveria deixar a minha arte sob os cuidados de um bando de homens cujas pernas são esteticamente horrorosas em minha opinião? Se um ladrão aparecesse e ele fosse belo, eu deveria dizer para ele: Leve as minhas facas de cortar peixe! Leve meus recipientes, minhas cestas de pão e minhas louças. O que você rouba não se compara ao que você concede, suas pernas, suas lindas pernas. Fui atrás da beleza nos botequins e a vi tocando acordeão na rua. Minha cozinheira era uma mendiga. Eu a transformei em uma rainha. Minha empregada vendia cadarços em *Charing Cross*;[39] agora ela está noiva do conde de Dudley. Meu jovem lacaio roubava ovos e foi parar na prisão. Hoje ele põe a mesa com a aparência de um cupido.

WATTS [*dá um berro de desespero*] Que horror! Que horror! Fui cruelmente ludibriado – completamente enganado. [*Ele lê em voz* *alta.*] “A Via Láctea para os antigos era o símbolo universal da fertilidade. Simbolizava as ovas de peixe, as inúmeras crias do mar, e a colheita dos campos. Representava a fertilidade da cama de casamento, e suas bênçãos eram conjuradas nos corpos das noivas diante do altar.” Que horror! Que horror! Eu, que sempre vivi por um bem maior, fiz a Modéstia simbolizar a fertilidade dos peixes! Meu quadro foi destruído! Tenho que começar do zero. Vai me custar meses de trabalho, mas isso precisa ser feito. Nunca poderão dizer que George Frederic Watts pintou um fio de cabelo que não estivesse direta – ou indiretamente – em harmonia espiritual e moral com os princípios do povo britânico. Onde está Ellen? Tudo por um bem maior! Tudo por um bem maior!

SR. CAMERON Onde está Ellen, Alfred?

LORD TENNYSON Onde está Lydia, Charles?

SRA. CAMERON Quem é Lydia?

LORD TENNYSON Quem é Lydia, quem é essa que todos os nossos cisnes adoram?

SR. CAMERON É uma dançarina russa. Ela dançou para o czar.

SRA. CAMERON A pessoa de que preciso! Uma empregada que sabe dançar!

WATTS Acabo de ser contemplado por uma ideia espetacular. Por que não transformar a Modéstia em Maternidade? Não entendo isso como forma de traição ao povo britânico. A Cobiça humilhando a Maternidade. Soa certamente excelente, mas e quanto ao sentido?

LORD TENNYSON Preocupe-se com o som, e o sentido aparecerá.

WATTS [*procurando por algo em seu bolso e tirando vários pedaços de papel*] Dessa vez preciso estar atento aos fatos. Tenho aqui uma carta de Rosalinda, Condessa de Carlisle,[40] uma nobre e virtuosa dama que estou pintando como a rainha Boadicea[41] ou a aristocrata Godiva[42] – esqueci qual das duas – mas aqui está. Ela está bastante comprometida com a proibição da venda de bebidas alcoólicas – um movimento pelo qual tenho bastante apreço; mas até o momento, devido em parte à pressão de outras questões, ainda não consegui conceber nenhuma forma de lidar com um copo d'água quente de modo simbólico. [*Ele lê.*] "Prezado Watts, maior pintor de todos os tempos, irmão de Michelangelo, filho de Ticiano, sobrinho de Tintoretto, você que usa a flor branca de uma arte pura, dificilmente irá acreditar que as classes trabalhadoras da Grã-Bretanha gastam com cerveja em um ano o suficiente para manter e abastecer vinte navios de guerra ou dois milhões de fuzileiros navais." Não, isso nunca me ocorreu. Nunca!

Mas aqui está o meu quadro! Lady Carlisle acaba de me dar uma imagem! A Cobiça representa o amor britânico pela cerveja. A Maternidade, dois milhões de fuzileiros. A Via Láctea, que simboliza as ovas de peixe e a fertilidade do leito de casamento, pode ficar ao fundo, sem imoralidade, a fim de grandiosamente simbolizar dois milhões de fuzileiros navais. Assim, espero que o quadro tenha uma finalidade elevada e sagrada. Devo chamá-lo de "A Cobiça humilhando a maternidade" ou "A prosperidade do Império Britânico sob a ameaça...

LORD TENNYSON [*interrompe* WATTS] ...da fertilidade dos fuzileiros navais".

WATTS Não, não, não, Alfred. Você distorceu completamente o que eu quis dizer. Devo chamá-lo de "A Cobiça humilhando a Maternidade" ou "O triunfo do Império Britânico sob a ameaça do consumo desenfreado de bebidas alcoólicas por parte das classes trabalhadoras"...

LORD TENNYSON [*gritando e apertando com força sua cabeça*] Ai, ai, ai – doze esses em dez linhas – doze esses em dez linhas! A pro*ss*speridade dos inglese*ss* – as ova*ss* dos fuzileiro*ss* navai*ss* – o con*ss*sumo de peixe*ss* bêbado*ss* – Ai, ai, ai, acho que vou desmaiar! [*Ele cai sobre a mesa.*]

SRA. CAMERON [*posicionando o seu tripé*] "A morte de Arthur!" [*WATTS dirige-se a TENNYSON e dá* *tapinhas em seu ombro*] Anime-se, meu velho amigo; anime-se. Atenderei completamente aos seus desejos. Chamarei simplesmente de "A Avareza humilhando a Maternidade". A não ser que tenha cometido algum erro – e eu cometi vários erros imperdoáveis hoje – não há uma letra S sequer nesse título.

LORD TENNYSON "Pombas brancas agonizam em olmos esquecidos. De inúmeras abelhas, o lamento. Atravessam os relvados milhares de riachos.[43]" Perdoem a minha fragilidade. Faz anos que não me deparo com a letra S em tal profusão. Hallam as arranca com um canivete da *Times* todas as manhãs. De todo modo, o Cerco de Sebastopol[44] foi quase fatal para mim. Se não estivesse envolvido na escrita de *Maud* naquela época, duvido que tivesse sobrevivido. Viver em Farringford é bem perigoso devido ao grande número de gansos. É por isso que carrego meus livros aonde quer que eu vá e me fortaleço ao repetir "O canto suave de um pássaro negro que flauteia no campo.[45] O sofrimento de pombas brancas em olmos esquecidos". Maud, Maud, Maud, estão chorando e clamando. Maud, Maud, Maud. [*Ele se senta à janela e começa a ler.*]

SRA. CAMERON [*tremulando os dedos*] "Inspiração – ou o sonho de uma poeta.[46]" Veja o contorno do nariz contra a hera![47] Observe os cabelos esvoaçantes como nuvens sobre o mar do Atlântico em uma noite tempestuosa. E os olhos – olhe para cima, Alfred, olhe para cima – eles são como lagoas vividamente iluminadas onde os pensamentos brincam como golfinhos em meio ao conjunto de corais. As pernas são um pouco curtas, mas pernas, graças a Deus, sempre podem ser cobertas. [*Ela cobre as pernas de* TENNYSON *com uma toalha de mesa bordada.*] Charles, levante-se. Senhor Watts, apoie-se na janela. Cozinheira! Louisa! Maria Madalena! James! O Sr. Tennyson vai começar a ler *Maud*.

[*Os empregados entram juntos. A* COZINHEIRA *vestida como Guinevere;*[48] *JAMES como um Cupido. Eles formam um quadro ao redor de* TENNYSON *à janela.*]

SRA. CAMERON [*para a plateia*] "Alfred, Lord Tennyson lendo *Maud* para Julia Margaret Cameron pela última vez."

LORD TENNYSON Venha para o jardim, Nell.[49] [*O relógio bate meio-dia quando ele começa a ler.*] Estou sozinho aqui no portão;
e o aroma das folhas de heras americanas
emanam por todos os lados, e da
rosa, o cheiro de almíscar emana.
Ela está vindo, apenas minha, minha
querida; Fosse sempre tão delicada
a caminhada,
Meu coração a ouviria e pulsaria,
Estivesse sempre a terra em um leito
mundano;
Meu coração já em pó a ouviria e pulsaria,
Tivesse eu repousado por um século
morto; Avançaria e tremeria sob
seus pés.

E renasceria em púrpura e carmim.[50]

SRA. CAMERON [*com bastante animação e apontando para a janela*] O Cavaleiro Galahad!

TODOS Cavaleiro Galahad?

SRA. CAMERON Lá, entre os arbustos de framboesa – beijando; não, sendo beijado. Espere, jovem rapaz. Espere! [*Ela sai correndo porta afora.*]

SR. CAMERON. Eu dormi, e tive uma visão durante meu sono. Vi um ônibus amarelo indo em direção ao jardim. Vi Lydia entre os arbustos de framboesa.

WATTS A sua música, Alfred, tocou em minha cabeça em sua nota mais alta,[51] e agora me sinto motivado para enfrentar o mais terrível dos problemas de minha obra com o espírito de fervorosa devoção. Mas onde está Ellen? Preciso encontrar Ellen. Onde está Ellen?

[*Entra a* SRA. CAMERON *com* ELLEN TERRY, *que está vestida como um jovem rapaz.*]

SRA. CAMERON Eu o encontrei finalmente. O cavaleiro Galahad!

[*Todos olham fixamente.* WATTS, TENNYSON *e o* SR. CAMERON *se colocam de pé.*]

LORD TENNYSON Nell!

SR. CAMERON Lydia!

WATTS Ellen! Ah, Modéstia, Modéstia. [*Ele cai de joelhos, cobrindo o rosto com as mãos.*]

SRA. CAMERON Nossa, Ellen Terry está vestida como um homem. Que as calças a favorecem, não há dúvida! Nunca, nunca vi algo tão artístico como Ellen nos braços de um jovem no meio dos arbustos de framboesa.

WATTS [*começando a ficar nervoso*] Nos braços de um fedelho! De calças e nos braços de um fedelho. A minha esposa vestindo calças e nos braços de um fedelho! Ninfeta! Depravada! Impura! Suma da minha frente! Suma da minha vida!

[*Entra o* SR. JOHN CRAIG.]

CRAIG E caia nos meus braços. Venha comigo, Nell. Já deveríamos ter partido. Não podemos deixar um cavalo amarrado ao portão o dia todo com esse tempo na friagem.

SR. CAMERON Eu dormi, e tive uma visão enquanto dormia. Pensei ter visto um ônibus indo em direção aos jardins da casa de Tennyson. Qual é a cor do seu cavalo, meu jovem?

CRAIG Ele tem a pelagem mesclada.

SR. CAMERON Então o meu sonho quase se tornou realidade. O ônibus era amarelo.

WATTS Garota miserável – se ainda posso chamá-la de garota. Eu poderia ter perdoado muita coisa, menos isso. Se você tivesse ido encontrá-lo como uma donzela, usando um véu, ou vestida de branco. teria sido diferente. Mas calças – não – calças xadrez; não. Vá mesmo. Fuja com seu amante para levar uma vida de imoralidade.

CRAIG Calma aí, senhor. Eu tenho uma casa grande em Gordon Square.

WATTS Vão então para Gordon Square. Formem uma sociedade na qual a santidade do voto matrimonial não seja mais respeitada, onde os véus sejam rasgados e calças, calças xadrez...

ELLEN Ah, já ia me esquecendo. [*Ela puxa um enorme véu do bolso de sua calça.*] Aqui está o seu véu. Pretendo usar calças de agora em diante. Nunca entendi essa coisa de usar véus num clima como este.

WATTS Garota infeliz. Você não tem princípios. Não tem criatividade. Não tem religião. Não entende nada da simbologia na arte. O véu que você acaba de rasgar simboliza a pureza, a modéstia, a castidade...

LORD TENNYSON ... e a fertilidade dos peixes. Não se esqueça disso, Watts.

ELLEN [*para* CRAIG] Não consigo entender nada do que estão falando. Mas nunca entendi mesmo. Podemos fugir para algum lugar onde as pessoas digam coisas que façam sentido?

WATTS Vão para Bloomsbury. Naquele ambiente imundo espalhem suas ideologias, propaguem sua raça, usem calças. Mas vai chegar o dia [*ele olha para cima e aperta as mãos com força*] em que a voz da pureza, da consciência, da dignidade, da nobreza e da verdade será ouvida na terra.

SR. CAMERON [*com o olhar perdido diante de* WATTS *como se estivesse tendo uma visão*] Isso se refere a Middleton Murry e *O Adelphi*.[52] Todas as expectativas foram superadas. Você é urgentemente aconselhado a garantir sem demora um espaço de publicidade. A Dignidade paga.

WATTS Agradeço a Deus por isso! Não era assim na minha época. Para esse Middleton Murry, então, deixo o meu manto. [*Ele sacode o véu.*] Já vocês [*virando-se para* ELLEN *e* CRAIG] criminosos, tresloucados, casal pecador, sumam!

[*A porta se abre e agentes funerários entram com dois caixões que são colocados no meio da sala.*]

SRA. CAMERON Eles chegaram. Chegaram!

SR. CAMERON Finalmente, finalmente! Vamos para a Índia. [SR. CAMERON *e* SRA. CAMERON *dão as mãos e ficam de pé ao lado dos caixões.*]

SR. E SRA. CAMERON Vamos para a Índia. Vamos procurar uma terra menos corrompida pela hipocrisia, onde a natureza impera. Uma terra onde o sol sempre brilha. Onde os filósofos digam a verdade. Onde os homens estão nus. Onde as mulheres sejam bonitas. Onde as donzelas dancem entre os pés de groselha – Chegou a hora – Chegou a hora. Vamos; vamos.

ELLEN E SR. CRAIG [*juntos*] E nós vamos também. Vamos para uma terra...

ELLEN Ah, já estou farta desse tipo de papo! O fato é que vamos para Bloomsbury – número 46, Gordon Square. Não vai ter nada de véus por lá! Não que eu saiba!

SR. CAMERON [*saindo da sala vagarosamente com seus braços estendidos à sua frente*] Lydia – Lydia – Estou indo – Estou indo!

SRA. CAMERON [*volta correndo para a sala*] Esperem, esperem. Esqueci a minha câmera. [*Ela pega a câmera e a entrega para* ELLEN TERRY]. Este é o meu presente de casamento, Ellen. Pegue a minha câmera. Eu passo adiante para os meus descendentes. Veja que as lentes estão sempre um pouco fora de foco. Adeus! Adeus!

[*Saem* SR. *e* SRA. CAMERON, ELLEN *e* CRAIG. *Ouve-se uma gritaria, que cessa e começa novamente. Agitados, os criados correm para dentro.*]

CRIADOS É a rainha, meu senhor! Ela viajou do castelo de Balmoral[53] até aqui para vê-lo.

[*Sua Majestade, a* RAINHA VICTORIA, *é trazida para dentro em uma poltrona.*]

WATTS [*cai de joelhos aos pés da rainha*] Tudo por um bem maior!

LORD TENNYSON [*para a plateia, de modo bem melancólico*] A comédia chegou ao fim.

[LORD TENNYSON *cai de joelhos. Vários gramofones tocam "Deus salve a rainha" e as cortinas descem.*]

DESCEM AS CORTINAS

Notas

1 Dimbola Lodge foi a casa da de Julia Cameron, na Ilha de Wight, de 1860 a 1875.

2 Em 6 de outubro de 1923, Woolf envia uma carta para Desmond MacCarthy para falar sobre a possível montagem de *Freshwater* para o Natal. "A ideia é ter pilhas de fotografias dos Camerons, camafeus, calças de cintura larga, loureiros, laureados e todo o resto" (Virginia Woolf, 1977, p. 73). Essa versão foi engavetada e revisada para a performance de 1935.

3 Na Era Vitoriana, as barbas eram símbolos de masculinidade, autoridade e maturidade, refletindo ideais de respeitabilidade associados aos homens da época. Ver: https://www.bbc.com/news/magazine-30037914. Acesso em: 16 jan. 2025.

4 Referência a Mary Hillier (1847–1936), uma das empregadas da fotógrafa Julia Margaret Cameron. Ao chamá-la de Maria Madalena, Woolf está fazendo alusão às fotografias de sua tia-avó, para as quais Hillier posou diversas vezes, interpretando a Virgem Maria, mãe de Jesus Cristo, e Maria Madalena, cujo apedrejamento em praça pública, por ser uma prostituta, foi impedido por Jesus (Ver: Lucio P. Ruotolo, 1975, op. cit., p. 85).

5 No original, Virginia Woolf utiliza abreviações como "Mr. C" e "Mrs. C" para designar certos personagens, o que pode reforçar o tom lúdico e irônico da peça. Nesta tradução, optou-se por expandir os nomes por extenso, buscando facilitar a identificação dos personagens e preservar a clareza narrativa para o público brasileiro.

6 Woolf refere-se à Índia, mas, na verdade, os Camerons vão para o Ceilão, atual Sri Lanka.

7 Pode-se inferir que a cabeça de Charles Cameron é lavada a fim de subverter os ideais patriarcais ao expor a vulnerabilidade e a vaidade masculina de forma cômica, lavando os símbolos de autoridade que a mente masculina representa.

8 Baluquistão é uma província localizada no sul do Paquistão, que fica no sul da Ásia.

9 Julia Cameron era vista como uma figura excêntrica, tanto em relação ao seu estilo de vida quanto às vestimentas. Ela fazia parte de um pequeno grupo de intelectuais e artistas que frequentavam Little Holland House e Freshwater, circulando por esses ambientes com roupas muito coloridas. Vale destacar que, ao se referir ao povo romani, popularmente conhecido como ciganos, como tendo "rostos bronzeados", Virginia Woolf utiliza uma descrição que racializa esse grupo de forma problemática. Essa associação entre características físicas e vestimentas consideradas excêntricas pelos padrões britânicos da época reflete estereótipos que, além de reducionistas, perpetuam visões preconceituosas sobre o povo romani. Ver: Colin Ford, "Geniuses, Poets and Painters: The World of Julia Margaret Cameron". In: Julian Cox e Colin Ford, *Julia Margaret Cameron: The Complete Photographs*. Los Angeles: The J. Paul Getty Museum, 2003.

10 *Sir* Galahad é um personagem lendário das histórias arturianas. Ele era um dos cavaleiros da Távola Redonda do Rei Artur e um dos que conseguiram alcançar o Santo Graal (expressão medieval que se refere ao cálice supostamente usado por Jesus na Última Ceia). Woolf parece fazer referência a obras de dois artistas que ela satiriza na presente farsa: *Sir Galahad* (1862), pintura de George Frederick Watts; e "Sir Galahad" (1842) e "Holy Grail [O Santo Graal] (1869), poemas de Alfred Tennyson (ver *Alfred Tennyson: The Major Works* [2009]).

11 Lady Emily Tennyson (1813–1896), esposa de Lord Alfred Tennyson de 1852 a 1892.

12 Poema de Alfred Tennyson publicado em 1850. Ver *Alfred Tennyson: The Major Works* (2009).

13 Poema de Alfred Tennyson publicado em 1855. Ver *Alfred Tennyson: The Major Works* (2009).

14 Termo teológico que faz referência ao poder supremo de Deus.

15 Poema de Alfred Tennyson. "The Passing of Arthur" [A morte de Arthur] foi publicado em *The Idylls of the King* (1869), mesmo livro do qual "O Santo Graal" faz parte. Além disso, Julia Margaret Cameron, a pedido do próprio Tennyson, fez ilustrações fotográficas para uma nova versão de *Idylls of the King*. As fotografias fazem alusão às lendas arturianas e contaram com a participação de familiares e amigos para os modelos de Cameron (Mancoff, 1998).

16 Um dos cavaleiros da Távola Redonda do círculo arturiano.

17 Referência a John Herschel (1792–1871), astrônomo e matemático que construiu um observatório na Cidade Cabo e descobriu a presença de mais de 1.200 nuvens interstelares, presentes na constelação de Órion. Herschel, além de posar para Julia, também foi padrinho do primeiro filho dos Camerons e teria sido ele quem falou com Julia sobre a invenção da fotografia em meados do século XIX.

18 As *white ants* (cupins brancos) simbolizavam, no discurso colonial britânico do século XIX, uma ameaça tanto literal quanto metafórica ao domínio imperial. Utilizada de forma racista, a expressão carregava o desprezo dos colonizadores pelos povos e costumes locais, associando os cupins à "devoração" de valores e estruturas imperiais. Em *Freshwater*, Virginia Woolf usa essa metáfora de maneira crítica, expondo a fragilidade dos corpos e símbolos imperiais frente às forças do colonialismo que tentavam subjugar. Ver o posfácio de Davi Pinho neste volume.

19 Versos de "Maud", de Alfred Tennyson.

20 Referência à casa de Alfred Tennyson na Ilha de Wight (Farringford).

21 Halllam Tennyson (1852–1928), filho de Alfred Tennyson. Foi um aristocrata britânico que trabalhou como secretário do próprio pai, o auxiliando em suas viagens. Além disso, foi também governador do estado da Austrália do Sul de 1892 a 1902.

22 Poema "Maud", de Alfred Tennyson, publicado em 1855. Ver *Alfred Tennyson: The Major Works* (2009).

23 De acordo com Lucio P. Ruotolo (1976), há uma parte ilegível no manuscrito da farsa de 1923. Decido, então, incluir que a Sra. Cameron "saiu da sala" para que esta direção de palco fique fluida e clara para diretores, atores e leitores.

24 Decidi substituir "etc." por uma informação que pode ajudar na composição da personagem.

25 De acordo com Colin Ford (2003, p. 24), é bem provável que Christina Rossetti, irmã do pintor pré-rafaelita Dante Gabriel Rossetti, tenha posado para Julia Cameron em Little Holland House em 1867, levando em consideração as anotações das fotografias de Cameron. Entretanto, esse registro não foi encontrado.

26 Woolf parece estar debochando da diferença de idade entre Ellen Terry e George Frederick Watts. Além disso, havia uma fofoca acerca de Watts ser sexualmente impotente, representada aqui pela falta de beijo e pela rosa branca. (Ver: Nina Auerbach, 1987, op. cit., p. 26.)

27 De fato, Ellen Terry foi objeto e inspiração para os quadros de Watts. Em um de seus quadros, Ellen é retratada como Alice (seu segundo nome), uma jovem que sente o cheiro dos prazeres terrenos (simbolizados pelas flores vermelhas), algo que se opõe às rosas brancas que Woolf menciona em sua farsa. O quadro encontra-se no Museu de Arte do Reino Unido.

28 Há vários anacronismos feitos por Woolf, talvez propositalmente para fins cômicos. O quadro ao qual Ellen faz referência é *Mammon* (1884-5) e que aparecerá também na versão de 1935. De acordo com a personagem, Watts já está fazendo os últimos ajustes no seu quadro. Contudo, *Mammon* foi finalizado apenas entre 1884 e 1885. E, de fato, o quadro faz parte da coleção da Galeria Tate. Além disso, Ellen se casou com Watts quando tinha apenas dezesseis anos. Nascida em 1847, o ano da farsa deveria ser 1863, mas os Camerons vão para o Ceilão apenas em 1875, quando Terry e Watts não estão mais casados, posto que o casamento durou apenas dez meses (Nina Auerbach, 1987, op. cit., p. 26).

29 De acordo com a pesquisadora woolfiana Elisa K. Sparks, prímula, no contexto literário vitoriano, significa "juventude", além de poder ser associada também à inocência, virgindade (Ver Virginia Woolf *Herbarium*, disponível em: https://woolfherbarium.blogspot.com/p/73-primroses.html. Acesso em: 16 jan. 2025). Desse modo, pode-se observar um contraste entre colher prímulas e fugir para Bloomsbury, um lugar entendido por muitos como depravado.

30 Maiden Lane é uma rua localizada em Londres.

31 Referência ao poema "Maud". No verso 850, o eu lírico de Tennyson chama sua amada Maud para o jardim: "*Come to garden, Maud*" (Tennyson, 1855, p. 332).

32 Trata-se de uma referência ao crítico e curador literário Sir Sidney Colvin (1847–1927), membro de uma ilustre família anglo-indiana. A fotógrafa Julia Margaret Cameron era também anglo-indiana.

33 Sir Edmund William Gosse (1849–1928), poeta, tradutor e crítico literário britânico.

34 Alabastro é um tipo de mineral branco, utilizado na Antiguidade para produzir vasos.

35 Aqui Woolf faz uma piada capacitista sobre Emily Tennyson, esposa de Alfred Tennyson. Após o nascimento de seu segundo filho, Emily adoeceu e seus movimentos ficaram limitados, sendo considerada uma portadora de deficiência. Além disso, a romancista Lynne Truss satiriza as limitações da esposa de Tennyson em seu romance *Tennyson's Gift* (1996). Truss trata a doença de forma leve a fim de mostrar que as limitações físicas de Emily não a impediram de ter uma vida ativa ao lado do marido, principalmente em Freshwater, onde o romance de Truss é ambientado. Ver: Lynne Truss, *Tennyson's Gift*. Londres: Fourth Estate, 2010. E-book. Ann C. Colley, "Emily Tennyson's Death Bed". *Tennyson Research Bulletin*, v. 5., n. 5., Tennyson Society, 1991, pp. 230-40. Disponível em: http://www.jstor.org/stable/45287687. Acesso em: 20 jan. 2025.

36 Lydia Lopokova (1892–1981), bailarina russa e esposa do economista britânico e membro do grupo de Bloomsbury John Maynard Keynes (1883-1946). Os Camerons vão para o Ceilão em 1875. Logo, mencionar Lopokova é mais um exemplo de anacronismo de Woolf, pois a bailarina russa nasceu apenas em 1892. Logo, como nos informa E. H. Wright (2011), a farsa de Woolf, dentre outros esquetes, não foi escrita apenas para satirizar a Era Vitoriana e suas eminentes figuras, mas também para criticar e brincar com seus contemporâneos. Lopokova, por exemplo, além de estrangeira e desquitada (antes de Keynes, ela fora casada com Randolpho Barrocki, de 1916 a 1925), participou, em 1927, de uma performance que satirizava a rainha Victoria, epítome da feminilidade do século XIX. Se performada no auge do Império Vitoriano, a dança de Lopokoka teria sido considerada uma afronta, um desrespeito aos princípios e autoridades da época. Mas, para os artistas de Bloomsbury, como sugere Wright (2011, op. cit., p. 95), foi apenas uma noite de diversão e irreverência.

37 Watts se interessava bastante pela arte egípcia e chegou a passar a lua de mel de seu segundo casamento com a biógrafa Mary Watts, no Egito. Uma de suas obras mais famosas é Sphinx (1887), inspirada pela Esfinge de Gizé (ver Watts, 1912, p. 68).

38 John Constable (1776–1837) foi um pintor inglês do período do Romantismo amplamente reconhecido por suas paisagens, que capturam com grande sensibilidade a beleza natural e rural da Inglaterra. Ele é considerado um dos maiores nomes do paisagismo romântico britânico e teve uma influência duradoura na arte europeia, especialmente entre os impressionistas franceses.

39 Charing Cross é a junção de três ruas em Westminster, em Londres.

40 Rosalind Howard (1845–1921) foi uma ativista política britânica que lutava pelos direitos das mulheres. Além disso, juntou-se ao Movimento da Temperança, cujos ideários eram contra o consumo de bebidas alcoólicas.

41 Referência à rainha celta Boadicea (séc. I d.C.), também chamada de Boudica ou rainha dos icenos, tribo que habitou a ilha da Bretanha. De acordo com a historiadora Sarah Pruitt (2019), Boadiceia liderou uma revolta contra o domínio do Império Romano após a morte de seu marido, o rei Prasutagos. Com a morte do rei, que não deixara um herdeiro masculino para assumir o trono, os romanos confiscaram as terras celtas, açoitaram Boadicea e estupraram suas filhas. A rainha, então, decidiu se vingar e tornou-se uma guerreira. Aprendeu técnicas de luta e a usar armas brancas. Juntamente com membros da tribo dos icenos, ela conseguiu vencer algumas batalhas contra os romanos. No entanto, o exército romano conseguiu se reorganizar e derrotar os icenos. Para não ser morta pelos seus inimigos, a rainha decidiu se matar ingerindo veneno. Ver: https://www.history.com/news/who-was-boudica. Acesso em: 20 jan. 2025.

42 Referência a Lady Godiva (990 d.C.-1067), uma aristocrata anglo-saxã, esposa de Leofrico, Conde da Mércia (968 d.C.-1057). Godiva foi uma figura bastante importante para o povo da cidade de Coventry, Inglaterra.

43 Referência ao poema "*The Princess*" [A princesa] (1874) – Canto VII, linha 205 –, de Tennyson. Woolf inverte a ordem do poema. A ordem correta é: "*Myriads of rivulets hurrying through the lawns/ The moan of doves in immemorial elms/ The murmuring of innumerable bees*". Ver *Alfred Tennyson: The Major Works* (2009, p. 196).

44 O Cerco de Sebastopol foi um dos principais combates ocorridos durante a Guerra da Crimeia, conflito entre o Império Russo e os aliados do Reino Unido (França, Reino da Sardenha [1297–1861] e o Império Otomano [atual Turquia]). Após a morte de Alexandre I, rei da Rússia, o déspota Nicolau I assumiu o trono e se dedicou à tarefa de expandir o território russo no Oriente Médio. Sob o pretexto de proteger terras sagradas, Nicolau comanda uma invasão em terras otomanas. O Reino Otomano declara guerra à Rússia a fim de proteger suas terras. Outro motivo para os conflitos tinha um teor religioso. Os russos ortodoxos e os católicos franceses brigavam pelo domínio de Jerusalém e Nazaré. De 1854 a 1855 (ano em que Tennyson publica "Maud"), as tropas aliadas sitiaram as cidades de Sebastopol, base oficial do Reino Czarista no Mar Negro, a fim de dar suporte às tropas otomanas. Houve muita violência e morte. Uma das batalhas mais famosas desse conflito foi a Batalha de Balaclava. Nesta, os russos não conseguiram tomar o porto de Balaclava, principal rota de acesso das tropas britânicas, francesas e otomanas. No entanto, por um erro de estratégia de guerra, a Carga da Brigada Ligeira, como era conhecida a cavalaria da Armada britânica, foi surpreendida pelo exército russo. Foi uma batalha sangrenta que custou muito ao exército britânico, que perdeu muitos soldados e cavalos. Esse ataque suicída e mal planejado ainda é debatido por historiadores. Considerando que, em 30 de março de 1856, a Rússia percebe que seus rivais estão vencendo a guerra e decide assinar um tratado (o Tratado de Paris) que a obrigava

a retirar suas tropas dos territórios otomanos, não fica muito evidente se os britânicos foram inábeis ou, de algum modo, bem-sucedidos, mesmo perdendo mais de quarenta por cento de sua tropa (ver: https://www.britannica.com/event/Battle-of-Balaklava. Acesso em: 15 jan. 2025). Contudo, essa batalha ficou muito famosa durante o período vitoriano e as cavalarias britânicas sobreviventes receberam muitas homenagens à época. Alfred Tennyson, na posição de poeta laureado, escreve um poema com título homônimo, "*The Charge of the Light Brigade*" (1855) [A Carga da Brigada Ligeira] a fim de exaltar a coragem e heroísmo dos soldados britânicos. (Ver https://www.britannica.com/topic/The-Charge-of-the-Light-Brigade. Acesso em: 15 jan. 2025; e *Alfred Tennyson: The Major Works* [2009, pp. 302-3].)

45 Woolf mistura versos de dois poemas de Tennyson. O primeiro verso ("*The mellow ouzel fluting on the lawn*") faz parte do poema "*The Gardener's Daughter*" [A filha do jardineiro], publicado no livro *The Gardener's Daughter and Other Poems* (1842). Já o segundo ("*the moan of doves in immemorial elms*"), como já mencionado, faz parte do poema "*The Princess*" (1874).

46 Trata-se de uma alusão ao poema "*The Poet's Dream*" [O sonho de um poeta], do poeta inglês Percy Bysshe Shelley (1792–1822). Esse poema compõe *Prometheus Unbound* (1820), um longo drama lírico em quatro atos.

47 Aqui temos uma evidência de que Woolf refere-se ao poema *Prometheus Unbound*, de Shelley. Como podemos observar na nota anterior, há um verso de Shelley que faz referência à hera (*ivy*), um tipo de planta trepadeira. "*The yellow bees in the ivy-bloom/ Nor heed nor see, what things they be/ But from these create he can/ Forms more real than living man/ Nurslings of immortality!*" (Shelley, 1820, p. 247). Em tradução livre: "As abelhas áureas na hera florescente/ O que são, não percebem ou não veem/ Mas a partir disso criá-lo [o poeta] pode/ Formas muito mais reais do que um ser vivente, crias da imortalidade". De acordo com professora Elisa Kay Sparks, a hera, na tradição ocidental, tem relação direta com as mitologias romana e grega. Primeiramente, há uma associação com o deus romano Baco, deus do vinho, da agricultura, da fertilidade e da folia. Seu equivalente grego é o deus Dionísio, deus do vinho, da festa, das artes e do teatro. O deus Baco utilizava uma coroa feita com folhas de hera, pois esta, assim como o louro, era utilizada para celebrar e laurear poetas na Antiguidade. Já nos séculos XVII e XIX, a hera, com a ascensão do período romântico, ganha outras associações. Como nos informa Sparks, a hera era associada com tavernas, o que ainda estava relacionado ao sentido clássico referente ao vinho e às festas. Um lugar, por exemplo, coberto por heras indicava que ali havia uma taverna. Com o tempo, a hera começou a ter associações negativas também. Devido à sua forma de crescimento, um arbusto trepador, era vista também como algo perigoso, um parasita que enrosca e engana suas presas, tal como podemos observar nos versos de Shelley, cujo eu lírico observa abelhas

sendo atraídas pela hera que floresce. No século XIX, a hera começa a ser associada também com o amor, o casamento e a fidelidade, símbolo da docilidade feminina (Ver *A Virginia Woolf Herbarium*. Disponível em: https://woolfherbarium.blogspot.com/p/53-ivy.html. Acesso em: 15 jan. 2025). Á guisa de exemplo, Sparks menciona o poema "*The Ivy-Wife*" [A hera do lar] (1898), de Thomas Hardy (1840–1928), um exemplo misógino da presença parasita da mulher no lar, que se enrosca na árvore e a faz cair. (Ver: https://www.poetry-archive.com/h/the_ivy_wife.html. Acesso em: 15 jan. 2025). Contudo, em *Freshwater*, Woolf brinca com essa conotação negativa ao colocar Tennyson face a face com uma hera. Tennyson, que é de fato um poeta laureado, já que o louro e a hera, na mitologia clássica, celebram e laureiam poetas, também tem que observar outros sentidos para essa planta. Esta não celebra apenas a sua arte, mas também subjuga mulheres em sua época. Além disso, Watts, linhas acima, fala do consumo desenfreado de bebidas, algo a que Rosalind Howard se opunha e sobre o qual Tennyson faz trocadilhos utilizando os títulos que Watts possivelmente dará à sua obra, como se estivesse bêbado (algo sobre a construção do personagem que atores devem levar em consideração). Na versão de 1935, Tennyson chega a mencionar "duas garrafas de vinho do Porto", algo que deve ser levado pelos Camerons na viagem à Índia. Ou seja, mas uma referência aos deuses do vinho.

48 "*The Parting of Sir Lancelot and Queen Guinevere*" [A despedida do cavaleiro Lancelot e da rainha Guinevere] (1874), fotografia de Julia Margaret Cameron na qual aparecem Andrew Hichen e May Prinsep como o cavaleiro Lancelot e a rainha Guinevere.

49 Referência ao poema "Maud", de Tennyson. No original, ele diz: "*Come into the garden, Maud*", enquanto Woolf substitui Maud por Nell em sua farsa. De acordo com Adam Roberts, editor da obra de Tennyson, alguns versos de "Maud" (parte I, seção XXII, estrofe I) foram musicados e ficaram bastante conhecidos como *parlour songs*, canções feitas para serem performadas em salões por cantores e pianistas amadores. No entanto, como nos informa Roberts em suas notas, Tennyson parece não ter gostado desse tipo de adaptação de seus versos, pois ele acreditava que apenas a voz humana seria apropriada para os seus poemas. (Ver: *Alfred Tennyson: The Major Works*, 2009, p. 599, nota 332). Além disso, essa adaptação dos versos de Tennyson está disponível em plataformas digitais. Em 1856, o compositor irlandês Micheal William Balfe (1808–1870) musicou tais versos. (Ver: https://www.youtube.com/watch?v=brtK_ftiSjs. Acesso em: 15 jan. 2025.)

50 Aqui, Woolf coloca os versos de "Maud" fora da estrutura de uma estrofe. "*She is coming, my own, my sweet;/ Were it ever so airy a tread,/ My heart would hear her and beat,/ Were it earth in an earthy bed;/ My dust would hear her and beat,/ Had I lain for a century dead;/ Would start and tremble under her feet,/ And blossom in purple and red.*" (Ver *Alfred Tennyson: The Major Works*, 2009, p. 334.)

51 Essa fala de Watts indica que Tennyson estava cantando, embora Woolf não tenha incluído uma direção de palco. Além disso, fica evidente também que Woolf conhecia a *parlour song* que foi feita a partir do poema de Tennyson e ela provavelmente sabia que ele não gostava. Sendo assim, ela está certamente debochando dessa informação. Por fim, nesta cena, caso a farsa seja adaptada, o ator que for interpretar Tennyson deverá cantar os versos de "Maud" e os versos aqui traduzidos para o português precisarão ser musicados.

52 Referência a John Middleton Murry (1889–1957), escritor e crítico literário que fundou o periódico *The Adelphi* em 1923, mesmo ano em que Woolf escrevia a primeira versão de *Freshwater*. Além disso, Murry foi casado com a escritora Katherine Mansfield (1888–1923) de 1918 até o ano de sua morte, em 1923.

53 O Castelo de Balmoral em Aberdeenshire, Escócia, foi adquirido pela rainha Victoria em 1848, e tem sido residência da família real britânica desde então.

1935

FRESHWATER

PERSONAGENS

SR. CHARLES CAMERON, o jurista
SRA. JULIA CAMERON, a fotógrafa
GEORGE FREDERIC WATTS, o pintor
ELLEN TERRY, a atriz
LORD ALFRED TENNYSON, o poeta
SR. JOHN CRAIG, o capitão
MARIA, a empregada
MITZI, a mico
GOLFINHO, o andrógino
RAINHA VICTORIA, a viúva

ATO I – A MODÉSTIA AOS PÉS DA COBIÇA

Um estúdio. A SRA. JULIA CAMERON está lavando a cabeça do SR. CHARLES CAMERON. ELLEN TERRY posa de forma majestosa para WATTS, que pinta a Modéstia aos pés da Cobiça.[1]

SRA. CAMERON Sente-se direito, Charles! Não se mexa! Caiu sabão nos seus olhos? Bobagem. Tem água escorrendo pelas suas costas? Ah, por favor! Tenho certeza de que você aguenta um pouco de desconforto em nome da arte!

SR. CAMERON É a sexta vez em oito meses! A sexta vez em oito meses! Sempre que nos preparamos para ir à Índia,[2] Julia lava a minha cabeça. Ainda que a gente nunca vá à Índia. – Às vezes acho que nunca iremos à Índia...

SRA. CAMERON Absurdo, Charles. Controle-se, querido. Lembre-se do que Alfred Tennyson disse a você: Um filósofo com sua barba[3] imersa na luz do luar. Um limpa-chaminés com sua barba imersa em fuligem.

SR. CAMERON Ah, mas se pudéssemos ir à Índia. Não há banho na Índia. Lá, as barbas são brancas, pois a lua sempre brilha, sobre a juventude, sobre a verdade, na Índia. E aqui permanecemos nós, desperdiçando nossas vidas miseráveis com entendimentos débeis das –
[*SRA. CAMERON lava vigorosamente*]

WATTS [*olhando à sua volta*] Coragem, meu velho amigo. Coragem. Tudo por um bem maior, Cameron. Nunca se esqueça disso.

[*Para* ELLEN.] Não se mexa, Ellen. Mantenha-se perfeitamente imóvel. Estou tendo dificuldades para finalizar o dedão do pé da Cobiça. Faz seis meses que venho tentando. E ainda não está tecnicamente bom. Mas digo a mim mesmo, tudo por um bem maior. Continue perfeitamente imóvel.

[*Entra* TENNYSON.]

TENN Não há lugar onde o filho do homem possa descansar sua cabeça.[4]

SR. CAMERON É dia de banho em Farringford também,[5] Alfred?

TENN Vinte confiáveis jovens de Clerkenwell estão no jardim de arbustos; seis professores americanos estão na casa de veraneio; o banheiro está ocupado pelo Grupo de Poetisas Americanas. Não há lugar onde o filho do homem possa descansar sua cabeça.[6]

SR. CAMERON Liberte sua mente das questões do presente. Procure a verdade onde a verdade está escondida. Siga a chama que não se apaga. Calma, não puxe minha barba! [*SRA. CAMERON o solta.*] Deus seja louvado! Às 2:30 iniciamos nossa jornada para a Índia. [*SR. CAMERON anda em direção à janela.*]

TENN Não creio! Não me diga que vocês vão mesmo?

SRA. CAMERON [*espremendo a esponja*] Sim, Alfred. Às 2:30, partimos para a Índia – quer dizer, se os caixões tiverem chegado. [*SRA. CAMERON entrega a esponja para MARIA.*[7]] Pegue a minha esponja, mocinha; agora vá e veja se os caixões já chegaram.

MARIA Se os caixões chegaram! Hum, é o conde de Dudley[8] que acaba de chegar. Está esperando por mim na cozinha. Não é muito atraente, mas com toda a certeza tem melhor aparência do que caixões.

SRA. CAMERON Não podemos ir à Índia sem os nossos caixões. Pela oitava vez encomendei os caixões, e pela oitava vez não foram entregues. Mas, sem o seu caixão, Julia Cameron não vai à Índia. Reflita, Alfred. Quando estivermos mortos sob o Cruzeiro do Sul, minha cabeça repousará sobre *In Memoriam*, seu poema imortal. E *Maud*[9] descansará em meu coração. Veja – a constelação de Órion[10] brilha no céu austral. O aroma dos tulipeiros flutua através da janela aberta. O silêncio é quebrado apenas pelos lamentos do meu marido e pelo eventual rugido de um tigre solitário. E então, o que é isso – esta infâmia da qual me dou conta? Um cupim,[11] Alfred, um cupim. Estão vindo da floresta em bandos. Alfred, estão devorando *Maud*!

TENN Que Deus tenha misericórdia! Estão devorando *Maud*? Os cupins! Minha ovelha! É verdade. Você não pode ir à Índia sem os caixões. E como vou ler *Maud* para você quando estiver na Índia? Ainda que – que horas são? 12:15? Já li em menos tempo. Vamos começar.

Odeio o terrível silêncio que a mata esconde,
Cujas margens em algum lugar distante
encontram-se imersas
Em terrenos áridos cor de sangue,
À beira de nervuras rochosas que gotejam
um terror silencioso
E sangrento,
E Eco, ali, não importa o que se pergunte,
responde: "Morte".
Pois lá no sombrio precipício há muito
tempo um corpo
Foi encontrado,
Daquele que me deu a vida – Oh Pai!
Oh Deus!

SRA. CAMERON É este tipo de conduta que eu aprecio! Aprume-se, Alfred! Não pisque os olhos. Charles, você está sentado na minha câmera. Levante-se.

[*SRA. CAMERON ajeita o tripé da câmera. TENNYSON continua lendo* Maud.]

ELLEN [*esticando os braços*] Ah, Signor, posso me mexer? Estou toda travada.

WATTS Travada, Ellen? Mas você ficou nesta posição por apenas quatro horas esta manhã.

ELLEN Apenas quatro horas! Parece que foram séculos. Enfim, estou terrivelmente cansada. E eu adoraria me retirar e dar um mergulho. O dia está lindo. As abelhas nos espinheiros [*ELLEN deixa sua posição majestosa e se espreguiça.*]

WATTS Você dedicou quatro horas a serviço da arte, Ellen, e já está cansada. Há 77 anos eu me dedico ao serviço da arte e ainda não estou cansado.

ELLEN Ah, Deus d'céu!

WATTS Se você quer se expressar de forma vulgar, Ellen, pelo menos articule melhor as palavras.

ELLEN [*parando ao lado de Tennyson*] Meu Deus do céu! Meu Deus do céu! Meu Deus do céu!

TENN Não sou ainda um nobre abençoado por Deus, mocinha; mas quem sabe? A decisão já deve estar repousando no colo da rainha. Enquanto isso, sente-se no meu colo.

[*ELLEN senta nos joelhos de TENNYSON*]

SRA. CAMERON Outra fotografia! Uma fotografia melhor! Poesia na figura de Alfred Tennyson adorando a Musa.

ELLEN Mas eu sou a Modéstia, Sra. Cameron; o senhor Watts disse. Sou a Modéstia de cócoras aos pés da Cobiça, pelo menos eu era há dez minutos.

SRA. CAMERON Sim. Mas agora você é a Musa. Mas a Musa deve ter asas.[12] [*SRA. CAMERON revira o baú empolgadamente. Arremessa várias roupas no chão.*] Toalhas, lençóis, pijamas, calças, vestidos de festa, suspensórios – suspensórios, mas não tem asas. Calças, mas não tem asas. Que sátira da vida moderna! Tem suspensórios, mas não tem asas! [*SRA. CAMERON vai até a porta e grita.*] Asas! Asas! Asas! Não entendi, Maria. Não tem asas? Ora, mate o peru! [*SRA. CAMERON arrasta os pés pelas roupas e se retira.*]

TENN [*para ELLEN*] Você é uma rapariga[13] muito bonita, Ellen!

ELLEN E você é um grande poeta, Sr. Tennyson.

TENN Você já viu a pele de um poeta? [*TENNYSON levanta a manga da camisa e mostra o braço para ELLEN.*]

ELLEN Como a folha de uma rosa murcha.

TENN Ah, mas você devia me ver no banho! Minhas coxas são como vasos de alabastro.[14]

ELLEN Às vezes me pego pensando, Sr. Tennyson, que o senhor é o mais sensato de todos.

TENN [*beijando-a*] Tenho bom senso para a beleza em todas a suas formas. Esta é a minha função como Poeta Laureado.

ELLEN Diga-me, Sr. Tennyson, já colheu prímulas[15] em uma trilha?

TENN Diversas vezes.

ELLEN E alguma vez a Sra. Tennyson saltou por cima de sua cabeça montada em um cavalo?

TENN Emily, pular? Emily, pular? Ela está deitada em seu sofá há 50 anos, e eu deveria ficar surpreso, não, deveria ficar chocado, se um dia ela se levantasse novamente.[16]

ELLEN Então suponho que nunca esteve apaixonado. Ninguém nunca saltou por cima de sua cabeça, deixando cair uma rosa branca em suas mãos, e fugiu a galope?

TENN Meu filho, Hallam, nunca andou a cavalo. Tinha uma má postura para cavalgar. Minha vida tem sido particularmente livre desse tipo de aventura amorosa que você descreve. Continue.

ELLEN Bem, Sr. Tennyson, estava um dia desses andando por uma trilha e colhendo prímulas quando...[17]

SRA. CAMERON [*entrando novamente*] Aqui estão as asas do peru.

ELLEN Ah, Sra. Cameron, a senhora matou o peru? Gostava tanto daquela ave.

SRA. CAMERON O peru está feliz, Ellen. O peru se tornou parte e produto da minha arte imortal. Agora, Ellen. Suba nesta cadeira. Abra os braços. Olhe para cima. Alfred, você também – olhe para cima!

TENN Para Nell.[18]

WATTS Não estou completamente de acordo com a composição desta obra, Julia.

SRA. CAMERON Tudo por um bem maior, senhor. Agora, fique perfeitamente imóvel. Por apenas quinze minutos.

SR. CAMERON [*olhando para o MICO*][19] A vida é um sonho.[20]

TENN E bem molhado,[21] Charles.

SR. CAMERON Todas as coisas que têm uma substância me parecem irreais. O que são estas coisas? [*Pega os suspensórios.*] Suspensórios. Grilhões que nos prendem à roda da vida. E estas? [*Apanha as calças.*] Calças. Folhas de figueiras[22] que escondem a verdade. O que é a verdade? O brilho da lua.[23] A luz do luar. Onde a lua brilha para sempre? Índia. Venha, meu mico, deixe-nos ir para a Índia. Deixe-nos ir para a Índia, a terra de nossos sonhos. [*Vai até a janela. Um assobio ecoa no jardim.*]

ELLEN Estou indo! Estou indo! [*ELLEN pula da cadeira e corre porta afora.*]

SRA. CAMERON Ela estragou a minha fotografia!

TENN	A *minha*[24] também.
SRA. CAMERON	A garota está louca. A garota ficou completamente louca. Por que ela quer ir dar um mergulho quando pode estar posando para mim?
TENN	[*volta a* Maud *e começa a ler*] Venha para o jardim, Maud, Pois o morcego negro, a noite, voou, Venha para o jardim, Maud, Estou aqui sozinho no portão –
WATTS	Alfred, diga-me. A sua poesia é baseada em fatos?
TENN	Certamente é. Eu nunca descrevo uma margarida sem colocá-la sob o microscópio primeiro. Escute. Pois seus pés tocaram os prados E deixaram as margaridas rosadas. Por que eu disse "rosadas"? Porque é um fato.
SR. CAMERON	Pensei ter visto algo, que muitas pessoas chamariam de fato, passar pela janela agora mesmo. Um fato de calças; um fato com costeletas. Um fato de boa aparência, como os fatos são. Um jovem rapaz, de fato.
SRA. CAMERON	Um jovem rapaz! Exatamente o que eu quero. Um jovem rapaz com coxas nobres, cachos divinos e olhos dourados. [*Vai até a janela e o chama.*] Jovem rapaz! Jovem rapaz! Quero que pose para mim como *Senhor Isumbras*

no vau.[25] [*SRA. CAMERON se retira. Um burro zurra. Ela entra novamente.*] Aquilo não é um homem. Aquilo é um burro.[26] Ainda que, para um artista de verdade um fato seja o mesmo que o outro. Um fato é um fato; arte é arte; um burro é um burro. [*Ela olha pela janela.*] Fique parado, burro; pense, idiota, você está carregando São Cristóvão da Lícia[27] em suas costas. Olhe para cima, Idiota. Lance seus olhos para o Paraíso. Continue absolutamente parado. Lá! Eu digo para o Idiota, olhe para cima. E ele olha para baixo. O burro está comendo flores de cardo[28] na grama.

TENN Sim. Havia um idiota maldito fazendo um elogio a Browning[29] no outro dia. Browning, estou dizendo. Mas eu te pergunto, poderia Browning ter escrito:

O sofrimento de pombas brancas em olmos
esquecidos.
De inúmeras abelhas o lamento

Ou isso, talvez o mais belo verso em nossa língua – "O canto suave de um pássaro negro que flauteia no campo"?[30] [*O burro zurra.*] Burros em Dimbola.[31] Gansos em Farringford! Não há lugar em que o filho do homem possa descansar sua cabeça!

[*WATTS calmamente se aproxima.*]

WATTS Louvado seja o todo-poderoso arquiteto – sob a Divina Providência, o dedão da Cobiça está agora, humanamente falando, em harmonia com a pintura. Sim, em harmonia.

[*Ele se volta para os outros em êxtase.*] Ah, meus queridos amigos e companheiros que trabalham em nome da verdade que é bela, do belo que é verdadeiro,[32] após meses de trabalho, meses de trabalho árduo, o dedão da Cobiça está em harmonia com a pintura. Rezei e trabalhei; trabalhei e rezei; e humanamente falando, sob a Divina Providência, o dedão da Cobiça está em harmonia.

TENN Às vezes me parece, Watts, que o dedão do pé não seja a parte mais importante do corpo humano.

WATTS [*movendo-se rapidamente e pegando sua paleta mais uma vez*] E aqui fala a voz de um verdadeiro artista. Você está certo, Alfred. Despertou-me de minha exaltação momentânea. Você me faz perceber que mesmo sendo bem-sucedido, humanamente falando, com o dedão, ainda não resolvi o problema dos trajes. [*Vai até o quadro e pega o tento.*[33]] Isso de fato é um problema profundamente difícil. Pela minha forma de lidar com os trajes, desejo expressar duas importantes ideias, embora bem contraditórias. Em primeiro lugar, desejo passar para o espectador a ideia de que a Modéstia está sempre usando um véu; em segundo lugar, de que a Modéstia está completamente nua. Por muito tempo, tenho estado perdido. Finalmente, consigo pensar em uma solução. Vou envolvê-la em uma bela textura branca que tenha a aparência de um véu; mas se examiná-la de perto parecerá ser composta de inúmeras estrelas. Trata-se basicamente da Via Láctea. Você me pergunta por quê? Vou te dizer. Porque, se você consultar a mitologia dos antigos egípcios,[34] você verá que a Via Láctea estava lá para simbolizar – deixe-me ver, o que ela simbolizava... [*Ele abre o seu livro.*]

SRA. CAMERON Deixe-me ver. Está chegando a hora. Agora deixe-me pensar. O que devo querer desta viagem?

SR. CAMERON Fé, esperança e caridade.

SRA. CAMERON Sim, e os poemas de Henry Taylor;[35] e muita cânfora. E fotografias para dar aos marinheiros.

TENN E uma dúzia ou duas de vinho do Porto.

WATTS Que horror! Que horror! Fui cruelmente enganado! Escutem: [*Lê.*] "A Via Láctea para os antigos era o símbolo universal da fertilidade. Simbolizava as ovas de peixe, as inúmeras crias do mar, e a fertilidade do leito de casamento".[36] Que horror! Ah, que horror! Eu, que sempre vivi por um bem maior, fiz a Modéstia simbolizar a fertilidade dos peixes![37]

SR. CAMERON Meu pobre velho amigo. Peixes. Peixes. Peixes.

DESCEM AS CORTINAS

As Agulhas.[1] *ELLEN TERRY e JOHN CRAIG estão sentados em trajes de banho nas Agulhas da Ilha de Wight.*

JOHN	Bem, aqui estamos!
NELL[2]	Ah, que incrível poder se sentar em uma rocha no meio do mar.
JOHN	No meio do mar?
NELL	Sim, este é o mar. É você o jovem rapaz que saltou pela trilha em um cavalo vermelho?
JOHN	Sou. É você a jovem moça que estava colhendo prímulas na trilha?
NELL	Sou.
JOHN	[*Deus d'céu*] Que aventura!
NELL	Ah, não pode deixar Signor escutá-lo dizer isso – ou se disser, por favor, articule bem as palavras.
JOHN	Que se dane! Quem é esse Signor?
NELL	Quem é Signor? Ah, ele é o Ticiano[3] moderno.
JOHN	Ticiano?
NELL	Sim. Ticiano. Ticiano. Ticiano.

JOHN Espirrando? Espero que não tenha apanhado um resfriado!

NELL Não. Eu me sinto divina. Tão quente quanto uma torrada – sentada aqui ao sol. Não pode imaginar o quão frio é estar sentada como a Modéstia sob um véu.

JOHN Sentada como a Modéstia sob um véu? Que diabos você quer dizer com isso?

NELL Bem, sou casada com um grande artista. E se você se casa com um grande artista, você certamente posa como a Modéstia sob um véu.

JOHN Casada? Você é uma mulher casada? Você? Aquele velho cavalheiro com uma barba branca era o seu marido?

NELL Ah, todo mundo tem barba branca em Dimbola. Mas se você quer dizer, sou casada com o velho cavalheiro de barba branca que estava na trilha?, sim sou. Aqui está o meu anel de casamento. [*Ela arranca o anel do dedo.*] Com este anel contigo eu caso. Com este corpo a ti sou devota. Você também não é casado?

JOHN Casado? Mas tenho apenas 22 anos. Sou tenente da Marinha Real. Aquele ali é o meu navio. Consegue vê-lo?

[NELL *olha.*]

NELL Aquele? Aquilo é um navio de verdade. Não é o tipo de navio que afunda com tudo que nós amamos para debaixo da linha do horizonte.

JOHN Minha querida menina. Não sei do que está falando. Claro que é um navio de verdade. O Duque de Ferro.[4] Trinta e duas armas. Capitão Andrew Hatch. Meu nome é Craig. Tenente John Craig do Navio de Sua Majestade.

NELL E o meu nome é Sra. George Frederic Watts.

JOHN Mas você tem outro nome?

NELL Ah, muitos! Às vezes sou Modéstia. Às vezes sou Poesia. Às vezes sou Castidade. Às vezes, normalmente antes do café, sou apenas Nell.

JOHN Prefiro Nell.

NELL Bem, isso é má sorte, pois hoje sou a Modéstia. A Modéstia agachada aos pés da Cobiça. Apenas o dedão da Cobiça não estava em harmonia com a pintura, por isso me abaixei; então escutei um assovio. Pobre de mim, acho que sou uma pobre coitada abandonada. Todos dizem a quão orgulhosa eu deveria ser. Pensar em ficar exposta na Tate Gallery para todo o sempre – que honra para uma jovem mulher como eu! Pelo menos – isso não é terrível? – gosto de nadar.[5]

JOHN E de estar sentada numa rocha, Nell?

NELL Bem, melhor do que posar naquele terrível trono. Sra. Cameron matou o peru hoje. A Musa deve ter asas, sabe. Mas você não imagina como elas coçam.

JOHN Sobre que diabos você está falando? Quem é a Sra. Cameron?

NELL Sra. Cameron é a fotógrafa; e Sr. Cameron é o filósofo; e Sr. Tennyson é o poeta; e *Signor* é o artista. E o belo é a verdade; a verdade, o belo; isso é tudo que sabemos e tudo que devemos perguntar. Seja bondosa, doce donzela, e aceite quem será talentoso. Ah, e tudo por um bem maior, estava esquecendo disso.

JOHN Isso é pior do que acertar o sol com um sextante.[6] Esta é a Ilha de Wight? Ou a Ilha dos Cachorros – a ilha aonde os cachorros loucos vão?

NELL As macieiras florescem o ano todo aqui; os rouxinóis cantam todas as noites.

JOHN Olhe aqui, Nell. Vamos conversar de forma coerente por um minuto. Você já esteve apaixonada?

NELL Apaixonada? Não estou casada?

JOHN Ah, mas deste jeito. [*Ele a beija.*]

NELL Não exatamente desse jeito. [*Ele a beija novamente.*] Mas até que eu gosto. Claro, isso deve estar errado.

JOHN Errado? [*Ele a beija.*] O que tem de errado nisso?

NELL Isso me faz ter pensamentos horríveis. Não acho que me atreveria a lhe contar. Veja, isso me faz pensar em – bifes; cerveja; estar na chuva sob um guarda-chuva; estar esperando para entrar no teatro; multidões de pessoas; castanhas torradas; ônibus – todas as coisas sobre as quais sempre sonhei. E aí, o meu marido ronca. E eu me levanto e vou até a janela. E a lua está brilhando. E as abelhas estão nos espinheiros. E as gotas de orvalho estão na grama. E os rouxinóis cantam solitários.

JOHN Meu Deus! Que Deus tenha piedade da minha alma. Já estive nos trópicos, mas nunca vi algo assim. Agora preste atenção, Nell. Tenho algo para te dizer – algo bem sensato. Não sou o tipo de homem que toma decisões de uma hora para a outra. Olhei bem para você quando saltei pela trilha. E disse para mim mesmo assim que aterrissei em uma plantação de nabos, aquela moça é para mim. E eu não sou o tipo de homem que faz as coisas com pressa. Olhe aqui. [*Ele pega o relógio.*] Vamos nos casar às 2:30.

NELL Casar? Onde vamos morar?

JOHN Em Bloomsbury.

NELL Tem macieiras lá?

JOHN Nenhuma.

NELL Rouxinóis?

JOHN Nunca ouvi um rouxinol em Bloomsbury, pela minha honra como oficial.

NELL E sobre pintar? Você pinta em algum momento?

JOHN Apenas a banheira. Vermelho, branco, azul. Com as cores da bandeira.

NELL Mas vamos viver de quê?

JOHN Bem, pão e manteiga. Salsichas e peixe.

NELL Sem abelhas. Sem macieiras. Sem rouxinóis. Salsichas e peixe. John, isso é o paraíso!

JOHN Está acertado então. Às 2:30 em ponto.

NELL Ah, mas e quanto a isto? [*Ela tira seu anel de casamento.*]

JOHN O velho cavalheiro de barba branca realmente lhe deu isso?

NELL Sim. Foi retirado de um túmulo. Da Beatrice.[7] Não, da Laura![8] A Sra. Raven Mount Temple[9] deu a ele no topo da Acrópole de madrugada. Simboliza – deixe-me ver, o que este anel de casamento simboliza? Com este anel contigo me caso; com este pincel a ti serei devota – simboliza o casamento do meu senhor com sua própria arte.

JOHN Ele é bígamo. Sabia! Tem algo de desonesto naquele velho rapaz, disse a mim mesmo, enquanto pulava por cima da trilha; e não sou o tipo de sujeito que tira suas próprias conclusões repentinamente.

NELL Desonesto? O Sr. Watts?

JOHN Muito desonesto; sim.

[*Ouve-se um forte suspiro*]

NELL [*olhando em volta*] Pensei ter ouvido alguém suspirar.

JOHN [*olhando em volta*] Pensei ter visto alguém nos espiando.

NELL É apenas um daqueles jornalistas execráveis. A praia está sempre cheia deles. Ficam escondidos atrás das pedras, sabe, no caso de o poeta laureado estar ouvindo o bramido da praia enfurecida sendo arrastada de volta pelas ondas. [*O GOLFINHO aparece bem à frente deles*]. Olhe. Olhe. O que é aquilo?

JOHN Para mim parece um golfinho.

NELL Um golfinho? Um golfinho de verdade?

JOHN O que mais um golfinho poderia ser?

NELL Ah, não sei. Mas assim como rouxinóis são viúvas, pensei que o golfinho pudesse ser um viúvo. Ele emite um som tão triste. Ouça. [*O GOLFINHO respira fundo.*] Ah, pobre golfinho, você soa tão triste! Tenho certeza de que está com fome.[10] Veja como a boca dele se abre! Não teríamos nada para dar a ele?

JOHN Não vou aos lugares com meu calção de banho cheio de comida para peixe.

NELL E eu não tenho nada – ou apenas o anel. Aqui, golfinho – coma isso! [*Ela arremessa o seu anel de casamento para ele.*]

JOHN Meu Deus, Nell! Agora o que você fez não tem volta! O golfinho engoliu o seu anel de casamento! O que a Sra. Mount Temple diria sobre isso?

NELL Agora você está casado com o Sr. Watts, golfinho! Tudo por um bem maior, golfinho. Olhe para cima, golfinho! E fique perfeitamente imóvel! Acho que era um golfinho-fêmea, não acha, John?

JOHN Isso não importa nem um pouco para o Sr. Watts, Nell. [*Ele a beija.*]

DESCEM AS CORTINAS

ATO III – CHEGAM OS CAIXÕES

O estúdio está como antes. TENNYSON *está lendo* Maud *em voz alta.* TENNYSON *lê em voz alta por alguns instantes. Então a porta se abre e* WATTS *entra, escondendo a cabeça entre as mãos. Ele cambaleia pela sala distraidamente.*

TENN “A culpa foi minha, a culpa foi minha” –
Por que estou eu aqui sentado tão
atordoado e imóvel,
Colhendo a inofensiva flor silvestre
no monte? –
É esta a mão culpada! –
E lá sempre surge um choro impetuoso –

WATTS Ellen! Ellen! A minha esposa – minha esposa – morta, morta, morta!

TENN Por Deus, Watts. Você não quer dizer que Ellen está morta?

SRA. CAMERON Afogada? É isso que acontece ao ir mergulhar.

WATTS Ela está morta – afogada – para mim. Eu estava atrás de uma rocha na praia. Eu a vi – afogando-se.[1]

SR. CAMERON Ellen está feliz! Foi para o paraíso.

SRA. CAMERON Ah, mas isso é horrível! A moça está morta e onde vou conseguir outra modelo para a Musa? Você tem certeza, senhor, que ela está bem morta? Nenhuma faísca de vida resta nela? Algo poderia ser feito para ressuscitá-la? O conhaque – onde está o conhaque?

WATTS Conhaque algum trará Ellen à vida. Ela está morta – absolutamente morta – para mim.

SR. CAMERON Ellen está feliz; Ellen tem sorte. Não se usam suspensórios no paraíso; não se vestem calças no paraíso. Queria eu estar onde Ellen repousa.

TENN Sim. Tem algo bastante satisfatório na morte de uma jovem mulher na flor da idade. Envolta no curso diurno da terra com agrupamentos de pedras e árvores.[2] Isso é Wordsworth. Eu disse isso também. É melhor ter amado e perdido a nunca nem mesmo ter amado.[3] Usando a flor imaculada de uma vida inocente.[4] Um, rá, sim, deixe-me ver. Deem-me uma caneta. Agora uma folha de papel. Alexandrinos? Iâmbicos? Sáficos? Qual será?

[*TENNYSON começa a escrever. WATTS vai até a tela e começa a pintar*]

WATTS Modéstia com certeza! Castidade! Nossa, pintei melhor do que esperava. Os antigos egípcios estavam certos. Este véu realmente simbolizava a fertilidade dos peixes. [*Ele bate com o pincel de fora a fora.*] Que símbolo posso descobrir agora?

TENN Aham. Escrevi as primeiras seis linhas. Ouçam. Ode à morte de Ellen Terry, uma bela moça que foi encontrada afogada.

[*ELLEN entra. Todos se viram espantados.*]

SR. CAMERON Mas você está no paraíso!

TENN Encontrada afogada.

SRA. CAMERON O conhaque não tem serventia!

NELL Isso é um hospício?

SR. CAMERON Você é um fato?

NELL Eu sou Ellen Terry.

WATTS [*avança brandindo seu pincel*] Sim, senhora. Agora você diz a verdade. Você não é mais a esposa de George Frederic Watts. Eu vi você...

NELL Ah, você viu, não viu?

WATTS Eu estava na praia, atrás do rochedo. E vi você – sim, desgraçada errante, eu vi você, sentada nas Agulhas; sentada nas Agulhas com seus braços ao redor de um homem. Este é o fim, Ellen. Nosso casamento se dissolveu – no mar.

TENN O enigmático, salgado, estranho mar. Matthew Arnold.[5]

NELL Sinto muito, Signor. De fato, sinto muito. Mas ele parecia estar com tanta fome, senhor; não pude evitar. *Ela* parecia estar com tanta fome, devo dizer. Tenho quase certeza de que era uma fêmea.

WATTS Uma fêmea! Não tente mentir para mim, Ellen.

NELL Bem, John achou que fosse uma fêmea. E o John deve saber. John está na Marinha. Ele frequentemente come golfinhos em ilhas desertas.[6] Fritos no óleo, sabe, no café da manhã.

WATTS John come golfinho frito no óleo no café da manhã. Não estou surpreso. Vá para o seu amante, menina; sobreviva de golfinhos fritos no óleo em ilhas desertas; mas me deixe – com a minha arte. [*Ele se volta para a sua pintura.*]

NELL Ah, bem, Signor, se prefere entender dessa forma – estava apenas tentando animá-lo. Sinto muito, acreditem, por ter irritado todos vocês. Mas não posso evitar. Eu estou viva! Nunca me senti tão viva em toda minha vida. Mas estou terrivelmente desolada, tenho certeza –

TENN Não se desculpe, Ellen. O que importa? Um poema imortal foi destruído – é tudo. [*Ele rasga o poema.*]

NELL Mas não poderia encontrar uma rima para um golfinho, Sr. Tennyson?

TENN Impossível.

NELL Bem, e para o Craig?

SR. TENNYSON Browning[7] poderia encontrar uma rima para o Craig.

SRA. CAMERON Ah, mas na minha arte rimas não importam. Apenas a verdade e o sol. Sente-se novamente, Ellen. Ali – naquele banco. Esconda sua cabeça entre as mãos. Soluce. A Penitência no banco da...

NELL [*de pé à distância*] Não, não posso, Sra. Cameron. Não, não posso. Primeiro, eu sou a Modéstia; depois, sou a Musa. Mas a Penitência em um Monumento – não, isso não vai acontecer.

[*Ouve-se uma batida na porta.*]

MARIA Os caixões chegaram, senhora. Os caixões, repito. E você não poderia encontrar melhor par fora de Kensal Green.[8] Como estava dizendo a sua excelência agora mesmo, é realmente uma pena levá-los até a Índia. Por que não os coloca aqui com um anjo aos prantos no topo?

SRA. CAMERON Finalmente, finalmente os caixões chegaram.

SR. CAMERON Os caixões chegaram.

SRA. CAMERON Vamos embalar nossos caixões e partir.

SR. CAMERON Para a terra de brilho lunar eterno.

SRA. CAMERON Para a terra onde o sol nunca se põe.

SR. CAMERON Não vou querer usar calças na Índia...

SRA. CAMERON Não, isso é verdade. Mas vou querer os meus negativos...[9]

[*TENNYSON, que tinha saído da sala por alguns instantes, retorna com alguma coisa entre os dedos.*]

TENN Está tudo certo, Julia. Veja. Perfurei com o meu canivete. Carvalho sólido. Os corações de carvalho são nossos navios. Os corações de carvalho são nossos homens. Nós vamos combatê-los e derrotá-los mais uma vez e outra vez![10] Nenhum cupim pode atravessá-lo. Você pode levar *Maud* com você. Bem, ainda temos tempo; onde eu parei? [*Ele se senta e começa a ler* Maud.]

Ela está vindo, apenas minha, minha
querida;
Fosse sempre tão delicada a caminhada,
Meu coração a ouviria e pulsaria,
Estivesse sempre a terra em um leito
mundano;
Meu coração a ouviria e pulsaria,
Tivesse eu repousado por um século morto;
Avançaria e tremeria –

SR. CAMERON [*que está olhando para fora da janela*] Aham! Acho que aquilo é um fato no meio dos arbustos de framboesa.

TENN Fatos? Danem-se os fatos. Os fatos são a morte da poesia.

SR. CAMERON Malditos fatos. É o que eu sempre digo. Platão disse isso. Radakrishna[11] disse isso. Spinoza disse isso. Confúcio disse isso. E Charles Hay Cameron diz isso também. De todo modo, aquilo era um fato nos arbustos de framboesa. [*CRAIG entra.*] Você é um fato, meu jovem?

CRAIG Meu nome é Craig. John Craig da Marinha Real Britânica. Perdoem-me a interrupção. Sinto que cheguei em um momento inoportuno. Vim para buscar Ellen à hora marcada.

SRA. CAMERON Ellen?

CRAIG Sim. A Castidade, a Paciência, a Musa, como quer que vocês a chamem. Ah, aqui está ela.

ELLEN John.

SR. TENNYSON Rainha do roseiral de jovens moças.[12]

WATTS Ellen, Ellen, maquiada, cheia de pó. Garota miserável. Eu poderia tê-la perdoado por muita coisa. Eu tinha te perdoado por tudo. Mas agora que vejo como você é – maquiada, cheia de pó – sem véu...

TENN Lembre-se, Watts; os antigos egípcios diziam que o véu tinha algo a ver com...

WATTS Não me venha com os antigos egípcios agora, Alfred. Agora que a vejo como é, maquiada, cheia de pó, eu não consigo mais.

Suma com o seu amante. Coma golfinhos em ilhas desertas.

CRAIG Pode parar, senhor. Tenho uma casa grande em Gordon Square.

WATTS Tem mesmo, senhor. E onde fica Gordon Square, por obséquio?

CRAIG Em uma zona central.[13]

WATTS Rapaz, tome cuidado, tome cuidado. As damas estão presentes.

CRAIG Não sou responsável pelos diretórios dos correios, sou?

TENN Hallam morou lá. Em uma rua próxima, centro-oeste. Nós a chamávamos, naqueles dias mais eufônicos de longa rua desagradável. Veja *In Memoriam.*[14]

CRAIG O que tem Hallam? O que tem *In Memoriam*?

TENN O que tem Hallam? O que tem *In Memoriam*? Já está na hora de voltar para a minha casa. Emily deve estar ansiosa.

NELL Cuidado para que Emily não pule, Sr. Tennyson!

[**MARIA** *entra.*]

MARIA Os caixões já estão prontos, senhora.

SRA. CAMERON Os caixões já estão prontos – é hora de dizer adeus.

MARIA Não há espaço para as asas do peru, senhora.

SRA. CAMERON Traga-as para cá. Vou colocá-las na minha bolsa.

MARIA Não aguento mais! Que situação! Que situação! Caixões na cozinha. Negativos sobre a lareira. E quando você vai pegar um espanador, é um mico. Estou cheia de trabalho doméstico. Vou me casar com um conde e viver como uma respeitável moça em um castelo.

SR. E SRA. CAMERON, JOHN E ELLEN [*todos ao mesmo tempo*] Os caixões já estão prontos. É hora de dizer adeus.

SRA. CAMERON Estamos indo para a terra do sol.

SR. CAMERON Estamos indo para a terra da lua.

JOHN Estamos indo para Bloomsbury.[15]

NELL Graças a Deus, já estamos indo.

SRA. CAMERON Adeus, adeus, os caixões nos aguardam.

SR. CAMERON Adeus, Dimbola; Freshwater, adeus.

JOHN Confesso, Ellen, que preciso de um verso para partir.

NELL Por Deus, John, só consigo pensar em partir.

SRA. CAMERON E a minha mensagem para esta geração é
Quando você quiser tirar uma fotografia
Não esqueça de consertar
Suas lentes fora de foco.
Mas foco rima com o quê?

SR. CAMERON *Hocus pocus, hocus pocus,*
É o que rima com foco,
E a minha mensagem para esta geração é
Watts – não deixe micos em gaiolas –

JOHN E NELL Estão todos loucos – bem loucos –
E a nossa mensagem para a nossa geração é,
Se quiser pintar um véu,
Nunca falhe,
Procure o fato nos arbustos de framboesa.

NELL Procure o fato nos arbustos de framboesa.

[*Todos saem, menos WATTS e TENNYSON.*][16]

TENN Eles nos deixaram, Watts.

WATTS Sozinhos com a nossa arte.

TENN [*Indo em direção à janela.*] Silenciosa quando toca a areia e alta quando desliza pelas rochas, a última roda ecoa ao longe.[17] Que Deus tenha piedade, não é possível! Está ficando mais alto – mais alto – mais alto! Eles estão voltando!

WATTS Não me diga, Alfred! Não me diga que eles estão voltando! Não poderia encarar um outro – fato!

TENN Ela está vindo, minha paz, minha querida;
Ela está vindo, minha vida, meu destino.
A rosa vermelha chora, "Ela se aproxima,
se aproxima"[18] –

MARIA Sua Majestade, a Rainha.

RAINHA VICTORIA Chegamos. Estamos muito satisfeitos em vê-los. Preferimos ficar de pé. É o dia do nosso aniversário de casamento. Ah, Albert! E como símbolo do que nunca deve ser esquecido, que deve ser sempre lembrado, para sempre um dia de lamentação –

TENN É melhor ter amado e perdido.[19]

RAINHA VICTORIA Ah, mas vocês estão bem-casados. Nós trouxemos para vocês estes símbolos de nossa admiração. A você, Sr. Tennyson, o título de nobreza.[20] A você, Sr. Watts, a Ordem de Mérito.[21] Que o espírito do bem-aventurado Albert olhe e cuide de todos nós.

DESCEM AS CORTINAS

Notas

ATO I – A MODÉSTIA AOS PÉS DA COBIÇA

1 Referência ao famoso quadro de George Frederic Watts, *Mammon* (1884–1885). O termo *mammon* refere-se a *greed,* que pode ter traduzido por "cobiça".

2 Woolf refere-se à Índia, mas, na verdade, os Camerons vão para o Ceilão, atual Sri Lanka, como podemos checar em uma entrada nos diários de Woolf datada a 30 de janeiro de 1919.

3 Na Era Vitoriana, as barbas eram símbolos de masculinidade, autoridade e maturidade, refletindo ideais de respeitabilidade associados aos homens da época. Ver: https://www.bbc.com/news/magazine-30037914. Acesso em: 16 jan. 2025.

4 Referência bíblica aos livros de Mateus (8:19) e Lucas (9:57-58). Em ambos os livros, Jesus conversava com futuros discípulos que queriam segui-lo aonde fosse. Jesus profere a mesma sentença: "o filho do homem não tem onde descansar sua cabeça", fazendo alusão ao fato de que segui-lo não seria tarefa fácil. Haveria muitas batalhas a serem travadas. (BÍBLIA DE JERUSALÉM. São Paulo: Paulus, 2023).

5 Referência à *Farringford,* casa de Alfred Tennyson na Ilha de Wight. Em seguida, Tennyson refere-se a Clerkenwell, bairro do município de Islington, ao norte de Londres.

6 A casa de Tennyson em Freshwater tornou-se um chamariz para artistas e intelectuais. Woolf satiriza este fato ao dizer que ele não consegue achar um lugar no qual consiga descansar.

7 Interessante notar que Maria está em cena, mas Woolf não dá nenhuma direção de palco que indique sua entrada. Suponho que já estivesse presente, auxiliando a Sra. Cameron.

8 Referência a Mary Ryan, uma das empregadas dos Camerons que se casou com um nobre, mas não com o conde de Dudley. De acordo com Ruotolo (1976, p. 57), trata-se, na verdade, de uma piada familiar, pois Rachel Gurey (1868–1920), sobrinha-neta de Julia Cameron, foi quem se casou com o Conde de Dudley II (1867–1932) em 1891.

9 Poema de Alfred Tennyson. *Maud, and Other Poems* (1859).

10 Referência a John Herschel (1792–1871), astrônomo e matemático que construiu um observatório na Cidade do Cabo e descobriu a presença de mais de 1.200 nuvens interstelares, presentes na constelação de Órion. Herschel, além de posar para Julia, também foi padrinho do primeiro filho dos Camerons e teria sido ele quem falou com Julia sobre a invenção da fotografia em meados do século XIX.

11 As *white ants* (cupins brancos) simbolizavam, no discurso colonial britânico do século XIX, uma ameaça tanto literal quanto metafórica ao domínio imperial. Utilizada de forma racista, a expressão carregava o desprezo dos colonizadores pelos povos e costumes locais, associando

os cupins à "devoração" de valores e estruturas imperiais. Em *Freshwater*, Virginia Woolf usa essa metáfora de maneira crítica, expondo a fragilidade dos corpos e símbolos imperiais frente às forças coloniais que tentavam subjugar. Ver o posfácio de Davi Pinho neste volume.

12 Fica evidente quando a Sra. Cameron, no primeiro ato da versão de 1935, cisma em arranjar asas para Ellen, pois, segundo ela, a Musa precisa ter asas. Sua solução, então, é pedir que Maria mate um peru e arranque suas asas. Esta cena é claramente um deboche acerca das asfixiantes performances de gênero que mulheres deveriam realizar. As asas que a Sra. Cameron insiste em conseguir para Ellen nos remetem ao conceito de "anjo do lar" propagado pelo poeta e crítico britânico Coventry Patmore (1823–1896) em seu poema "*The Angel in the House*" [O anjo do lar] (1854). Esse poema traz questões concernentes ao autossacrifício e à obediência femininos, visto que a mulher, como receptáculo desse feminino histórico, deveria ser uma dama perfeita e atender aos caprichos do marido, caso fosse da alta sociedade, ou trabalhar em fábricas e/ou casas de família, caso habitasse as margens dessa mesma sociedade, a fim de servir à máquina do Império (Ver Pinho, 2010; Santiago; 2018). Em 1931, em resposta a esse "fantasma do lar", Woolf faz um discurso para o National Society for Women's *Service* – grupo britânico que lutava pelos direitos das mulheres – a fim de interrogar a posição das mulheres na sociedade e falar sobre o quão difícil era para elas se afirmarem pública e profissionalmente. Esse discurso acabou se tornando um dos ensaios mais célebres de Woolf: "*Professions for Women*" [Profissões para mulheres] (1931). Ao discorrer sobre as profissões das mulheres, Woolf afirma que "É bem mais difícil matar um fantasma do que uma realidade", posto que mulheres, tidas como receptáculos de um feminino dócil, precisariam lidar com toda uma tradição de invisibilidade mesmo que já estivessem escrevendo profissionalmente, como era o caso da própria Woolf, que não frequentou a universidade tal como seus irmãos. Ver: Virginia Woolf, "*Professions for Women*". In: Virginia Woolf, *The Collected Essays of Virginia Woolf*. Oxford: Benediction Classics, 2011, pp. 178-82.

13 Sr. Tennyson chama Ellen de "*wench*" que, em inglês, pode significar uma jovem serviçal ou até mesmo uma prostituta. Considerando a resposta de Ellen, decido traduzir "*wench*" por "rapariga", que pode ter um significado negativo em português brasileiro.

14 Woolf diz "*thighs like alabaster*". Alabastro é um tipo de mineral branco, comumente utilizado para produzir vasos na Antiguidade.

15 De acordo com a pesquisadora woolfiana Elisa K. Sparks, prímula, no contexto literário vitoriano, significa "juventude", além de poder ser associada também à inocência, virgindade (Ver *Virginia Woolf Herbarium*. Disponível em: https://woolfherbarium.blogspot.com/p/73-primroses.html. Acesso em: 16 jan. 2025). Desse modo, pode-se observar um contraste entre colher prímulas e fugir para Bloomsbury, um lugar entendido por muitos como depravado.

16 Aqui Woolf faz uma piada capacitista sobre Emily Tennyson, esposa de Alfred Tennyson. Após o nascimento de seu segundo filho, Emily adoeceu e seus movimentos ficaram limitados, sendo considerada uma deficiente. Além disso, a romancista Lynne Truss satiriza as limitações da esposa de Tennyson em seu romance *Tennyson's Gift* (1996). Truss trata a doença de forma leve a fim de mostrar que as limitações físicas de Emily não a impediram de ter uma vida ativa ao lado do marido, principalmente em Freshwater, onde o romance de Truss é ambientado. Ver: Lynne Truss, *Tennyson's Gift*. Londres: Fourth Estate, 2010. E-book; Ann C. Colley, "Emily Tennyson's Death Bed". *Tennyson Research Bulletin*, v. 5., n. 5., Tennyson Society, 1991, pp. 230-40. Disponível em: http://www.jstor.org/stable/45287687. Acesso em: 15 jan. 2025.

17 Esta fala indica que Ellen já havia se encontrado com John Craig.

18 Tennyson, pela primeira vez, chama Ellen de Nell, apelido derivado do nome Ellen, o que nos mostra que Tennyson dirige-se a Ellen de forma íntima, mesmo se tratando de uma moça comprometida. Além disso, poderemos observar ao longo da peça que Ellen Terry também é chamada de Musa, Modéstia, Castidade e Poesia. Levando em consideração a mudança de comportamento da personagem, que se rebela contra os padrões de conduta vitorianos que esperam que ela performe, ter outros nomes parece evidenciar a tentativa de Woolf em mostrar que, nesse contexto, Ellen possui vários nomes, mas nenhuma identidade fixa. Por ser atriz, é capaz de performar vários personagens sem se fixar em nenhum deles (Virginia Woolf, 1941, op. cit.), embora tentem capturá-la em papéis que subjugam o feminino. A partir do Ato II, Ellen é marcada no texto como apenas Nell, mas não a Nell que Tennyson tenta seduzir, mas outra Nell, uma Nell antes do "café da manhã", despida das performances e condutas vitorianas, uma Nell bem mais consciente e determinada.

19 Referência a Mitzi, sagui de estimação de Leonard Woolf, adotado em 1934. Aqui decido traduzir por mico, pois, em português, pode gerar uma ambiguidade que contribua para a comicidade da farsa.

20 Woolf parece ecoar, de modo cômico, *The Tempest* (A tempestade), de William Shakespeare, e seu romance *Orlando: A Biography*, publicado em 1928. Em *Orlando*, Virginia Woolf explora a natureza efêmera da vida, a conexão entre sonho e realidade e a impossibilidade de capturar a existência em moldes fixos, dialogando com os temas presentes em *The Tempest*. Na peça, Próspero declara: "*We are such stuff as dreams are made on; and our little life is rounded with a sleep*" (Ato IV, Cena 1). Essa visão de transitoriedade ressoa com o tom filosófico de *Orlando*, especialmente em passagens como: "*By the truth we are undone. Life is a dream. 'Tis the waking that kills us. He who robs us of our dreams robs us of our life.*" ("Pela verdade somos destruídos. A vida é um sonho. É o despertar que nos mata. Quem nos rouba os sonhos nos rouba a vida.") Woolf também aborda essas questões em *Freshwater*, mas de forma cômica e caricatural, parodiando figuras vitorianas e desconstruindo visões preconce-

bidas sobre como narrar a vida de outra pessoa. Sua abordagem reflete um interesse mais amplo pela escrita de vidas, tema que Woolf discute diretamente em ensaios como "*The Art of Biography*" [A arte da biografia] e "*The New Biography*" [A nova biografia], nos quais desafia as convenções das biografias tradicionais e defende formas mais experimentais e literárias de capturar a essência de uma vida. Ver: William Shakespeare, *The Tempest*. Virginia Mason Vaughan e Alden T. Vaughan (orgs.). Londres: Bloomsbury Arden Shakespeare, v. 3., 2011, p. 114. Virginia Woolf, *Orlando: A Biography*. Londres: Penguin Classics, 1993 [1928], p. 142. Virginia Woolf, "*The Art of Biography*". In: Virginia Woolf, *The Collected Essays of Virginia Woolf*. Oxford: Benediction Classics, 2011 [1942], pp. 147-53. Virginia Woolf, "*The New Biography*". In: Virginia Woolf, *Granite and Rainbow: Essays*. Leonard Woolf (Org.). Londres: HBJ Book, 1958 [1927], pp. 149-55.

21 Coincidentemente, no dia da performance de *Freshwater*, de acordo com Virginia Woolf em uma carta a Quentin Bell, o mico de Leonard Woolf, Mitzi, fez xixi no ombro dele. Woolf escreveu: "Gostaria que pudesse ter ido [à estreia de *Freshwater*] para ver Nessa e Angelica e Duncan e o mico fazendo xixi no braço de Leonard". A presença de Mitzi em eventos sociais, como esse, não era incomum. Leonard frequentemente levava o mico em seu ombro para onde quer que fosse, tornando Mitzi uma figura familiar nos encontros do grupo de Bloomsbury e em outros eventos do círculo intelectual frequentado por Woolf. Ver: Victoria Glendinning, *Leonard Woolf: A Biography*. Nova York: Free Press, 2006. Virginia Woolf, *The Letters of Virginia Woolf: 1932–1935, v. 5*. Nigel Nicolson e Joanne Trautmann (Orgs.). Harcourt Brace Jovanovich, 1979.

22 Folhas de figueiras são usadas em quadros para cobrirem corpos nus, tal como em pinturas bíblicas que mostram os órgãos sexuais de Adão e Eva cobertos por folhas de figueiras. Além disso, em inglês, a expressão *fig leaf* pode metaforicamente significar algo que encubra histórias e/ou objetos desonrosos e vergonhosos. No caso do Sr. Cameron, usa-se a expressão *fig leaves* para se referir às calças que escondem a verdade. Estaria Woolf tentando mostrar que as roupas também aprisionam nossos sexos ou, pelo menos, a ideia que temos sobre os sexos? E por que tal verdade seria vergonhosa e desonrosa?

23 Woolf utiliza a expressão *moonshine* que, ao pé da letra, significa "brilho da lua". Vale notar também que, em inglês, tal expressão pode significar algum tipo de bebida alcoólica, uma espécie de licor; além disso, pode se referir a algo que é dito e considerado um disparate, um absurdo. Como a conversa entre o Sr. Cameron e Tennyson já é construída com contornos aparentemente "sem sentido", e em seguida a Sra. Cameron se refere à Índia como a terra dos sonhos, onde a lua brilha para sempre, decido deixar a expressão em seu sentido literal.

24 Grifo no original.

25 *Sir Isumbras at the Ford* é um romance de cavalaria escrito em inglês médio por volta de 1320, mas que começou a circular na Inglaterra apenas

a partir do século XV. A história é sobre Isumbras, um cavaleiro que é amaldiçoado por um pássaro após escolher ser feliz apenas enquanto jovem. Por conta disso, perde o título de cavaleiro, além de sua esposa e filhos. Torna-se um andarilho e, após enfrentar muitas adversidades, decide tornar-se um ferreiro. Consegue consertar sua armadura e se envolve numa batalha contra um sultão islâmico, após descobrir que este havia sequestrado sua esposa. Após vencer tal batalha, domina o reino e casa-se novamente com aquela que sempre foi sua mulher. Tornam-se rei e rainha em terras islâmicas. Juntos tentam cristianizar o reino, mas o povo se rebela. A rainha chega a usar uma armadura, e luta com o marido como uma versão feminina de cavaleiro. Durante a batalha, seus três filhos reaparecem e ajudam os pais a vencer os rebeldes. Essa história ganhou uma nova versão. Em *A Dream of the Past: Sir Isumbras at the Ford*, o cavaleiro Isumbras, retratado originalmente na pintura de John Everett Millais (1857), tornou-se uma figura simbólica no imaginário vitoriano. A obra representa *Sir* Isumbras atravessando um rio com duas crianças em seu cavalo, sugerindo temas de sacrifício, paternalismo e heroísmo. O burro, em sátiras como as de Frederick Sandys, substitui o cavalo nobre da pintura original, carregando consigo uma crítica à idealização romântica e ao nacionalismo exacerbado que a obra representava. Ver: Jeffrey Rosen, *Julia Margaret Cameron's "Fancy Subjects": Photographic Allegories of Victorian Identity and Empire*. Manchester: Manchester University Press, 2016.

26 Possivelmente uma referência à sufragista Christopher St. John – Christabel Mashall (1871–1960), que teve um caso com Vita Sackville-West, o que pode ter gerado ciúmes em Woolf. Em carta a sua amiga, a compositora e sufragista Ethel Smyth (1858–1944), no dia 15 de agosto de 1934, Woolf refere-se a St. John como uma "burra histérica que não para de zurrar". Ver: Virginia Woolf, *The Letters of Virginia Woolf: 1932–1935. v. 5*. Nigel Nicolson e Joanne Trautmann (orgs.). Harcourt Brace Jovanovich, 1979.

27 É considerado o padroeiro dos peregrinos. É um mártir que viveu durante o Império de Décio, terceiro imperador romano, por volta de 250 d.C. É venerado no Oriente e no Ocidente, mas sua influência é mais conhecida no Ocidente. Seu nome vem do grego, "Christophoros", que significa "o portador de Cristo". É representado com o menino Jesus em seus ombros, enquanto carrega um cajado de folhas. Talvez possamos relacionar a imagem deste santo à imagem de Isumbras, na versão de Millais.

28 Flor do cardo, de acordo com Elisa Kay Sparks, traz a ideia de caos e decadência doméstica. Woolf parece estar debochando dos padrões vitorianos que não se aplicam mais na virada do século XIX para o XX. Ver: *Virginia Woolf Herbarium*. Disponível em: https://woolfherbarium.blogspot.com/p/89-thistles.html. Acesso em: 30 jun. 2022.

29 Referência ao poeta e dramaturgo vitoriano Robert Browning, cuja esposa era a escritora Elizabeth Barrett, também poeta. Barrett é uma das personagens em *Flush: A Biography* (1933a), na qual coloca em xeque os

limites entre vida e arte, uma questão bastante recorrente nos debates modernistas de Woolf.

30 Referência ao poema "*The Gardener's Daughter*" (1847), de Alfred Tennyson.

31 Dimbola Lodge foi a casa de Julia Cameron na Ilha de Wight, de 1860 a 1875.

32 Referência aos dois últimos versos do poema "*Ode to a Grecian Urn*", do poeta John Keats. No original: "*Beauty is truth, truth beauty, – that is all/ Ye know on earth, and all ye need to know*" (Keats, 1819, p. 186).

33 Um tento é uma ferramenta utilizada por pintores para proporcionar apoio à mão enquanto trabalham em detalhes delicados, garantindo maior estabilidade e precisão. Geralmente, é composto por uma vara com uma extremidade acolchoada que pode ser apoiada na moldura, tela ou cavalete, permitindo que o artista evite tocar na superfície da pintura ainda fresca. Esse recurso ajuda a prevenir tremores e preservar a qualidade técnica da obra. Disponível em: https://totenart.pt/blog/noticias/o-que-e-um-tento-de-pintura/. Acesso em: 16 jan. 2025.

34 Watts se interessava bastante pela arte egípcia e chegou a passar a lua de mel de seu segundo casamento com a biógrafa Mary Watts, no Egito. Uma de suas obras mais famosas é *Sphinx* (1887), inspirada pela Esfinge de Gizé (Ver: Watts, 1912, op. cit., p. 68).

35 Poeta e dramaturgo inglês (1800–1886) que posou para Julia Cameron.

36 Woolf parece estar debochando da diferença de idade entre Ellen Terry e George Frederic Watts. Além disso, havia uma fofoca acerca de Watts ser sexualmente impotente, representada aqui pela falta de beijo e pela rosa branca (Ver: Nina Auerbach, 1987, op. cit., p. 26).

37 De acordo com Penny Farfan (2004), a referência a peixes nesta passagem tem a ver com a concepção de "androginia" que Woolf traz em *A Room* (1929). Para a crítica literária, os peixes remetem à ideia de "nadar contra a corrente" vitoriana que, neste caso, aprisiona Ellen Terry.

1 "*The Needles* [As Agulhas]" são rochas de calcário que formam um paredão rochoso que se ergue a trinta metros do mar e fica acima do nível do mar ao oeste da Ilha de Wight. Nenhuma dessas rochas tem de fato formato de agulha. Ganharam esse nome devido a uma rocha pontiaguda que fazia parte desse paredão, mas que não existe mais devido a uma forte tempestade que ocorreu em 1764. Curiosamente, a rocha era também chamada de esposa de Ló, em referência ao mito bíblico do livro de Gênesis que conta a história da destruição de Sodoma. A esposa de Ló fora advertida a não olhar para trás enquanto fugia de Sodoma e, por não obedecer às ordens, virou um pilar de sal. Há também um farol, construído em 1859, que fica bem onde as Agulhas se iniciam. Vale mencionar que o farol é uma imagem de um tempo por vir para Woolf, e é o título de seu quinto romance: *To the Lighthouse* [Ao farol] (1927). Desse modo, Ellen e John encontram-se a uma altura considerável, trinta metros de altura, e estão vestindo trajes de banho, dando mais um detalhe "absurdo" e inesperado à peça. (Ver: https://www.nationaltrust.org.uk/the-needles-old-battery-and-new-battery/features/the-needles. Acesso em: 16 jan. 2025).

2 Apelido para o nome Ellen, como já mencionado em outra nota. A partir do Ato II, outra Ellen/Nell entra em cena. Não é indicado por Woolf porque a partir do segundo ato, Ellen aparece no texto apenas como Nell. Contudo, podemos observar que a mudança de nomes evidencia também mudanças nas atitudes de Ellen diante dos personagens masculinos.

3 Referência ao pintor renascentista italiano Ticiano Vecellio (1490–1567), também chamado de Titian, conhecido por pintar retratos com temas religiosos e mitológicos.

4 *The Iron Duke* é o primeiro navio da classe dos couraçados (navios de guerra) da Marinha Real Britânica, construído em 1912, cujo nome homenageia Arthur Wellington, o 1º Duque de Wellington, membro da Câmara dos Comuns e duas vezes primeiro-ministro do Reino Unido. Logo, trata-se de um anacronismo, pois a peça se dá em meados do século XIX.

5 Ellen gosta de nadar. Talvez seja por isso que Watts ficou tão irritado com a imagem dos peixes. Podemos inferir que ele não quer que Ellen nade. Ela tem que permanecer cristalizada em sua pintura.

6 Instrumento de navegação utilizado para medir ângulos, tais como os ângulos entre os astros e a linha do horizonte, ou entre o Sol e a Terra.

7 É bem provável que Woolf esteja fazendo uma referência a Beatrice Portinari (1265–1290), musa do escritor italiano Dante Alighieri (1265–1321). De acordo com Helder da Rocha (1999/2000), Beatrice serviu de inspiração tanto para *Vita Nuova* (1294), obra que narra o amor platônico de Alighieri por Beatrice, quanto para a sua obra-prima *A Divina Comédia* (1304–1321), poema narrativo que narra a odisseia de Dante pelo *Inferno*, *Purgatório* e *Paraíso*. No *Inferno* e no *Purgatório*, Dante é guiado pelo

poeta Virgílio, e no *Paraíso* por Beatrice. Além disso, a imagem de Beatrice foi imortalizada em obras pré-rafaelitas, tal como no quadro *Blessed Beatrice* (1864), de Dante Gabriel Rossetti (1828–1882), irmão da poeta Christina Rossetti. Como já mencionado, os irmãos Rossetti frequentavam Little Holland House (Ford, 2003, p. 24) e são mencionados por Ellen Terry na versão de 1923.

8 Mais uma referência à arte italiana. Woolf possivelmente se refere a Laura de Noves (1310–1348), a mulher que talvez tenha inspirado a escrita da coleão de poemas *Il Canzionere* [Rimas esparsas], escrita pelo poeta italiano Francesco Petrarca (1304–1374) entre os anos 1327 e 1368. O tema central dos poemas diz respeito ao amor idealizado do poeta por Laura que, de acordo com Kline (2002), é uma mulher imaginada por Petrarca, e não uma pessoa que ele tenha de fato conhecido. Vale mencionar também que a Laura imaginada pelo poeta italiano também influenciou a arte pré-rafaelita que Woolf satiriza em *Freshwater*. À guisa de ilustração, a pintora inglesa Marie Spartali Stillman (1844–1927) pintou o quadro *The First Meeting of Petrarch and Laura* [O primeiro encontro entre Petrarca e Laura] (1889).

9 Provavelmente, trata-se de uma referência à baronesa Georgina Mount-Temple (1822–1901), ativista que lutava contra maus-tratos a animais.

10 Possível referência à Batalha das Toninhas, ocorrida em 1918, na costa de São Paulo. A Marinha brasileira, em alerta contra possíveis ataques de submarinos alemães, disparou contra um grupo de toninhas que foram confundidas com periscópios de submarinos inimigos. O incidente, marcado por erro de avaliação, resultou na morte de vários desses animais marinhos. É bem provável que Woolf tenha lido algo a respeito no período da Primeira Grande Guerra. Ver: https://pt.m.wikipedia.org/wiki/Batalha_das_Toninhas. Acesso em: 16 jan. 2025.

ATO III – CHEGAM OS CAIXÕES

1 Referência ao quadro *Ophelia* (1863–1884 e c. 1877–1880), de Watts. A pintura faz referência ao ato IV de *Hamlet* (1603), quando Ofélia se lança nas águas de um rio e morre.

2 Referência ao poema "*A Slumber Did My Spirit Seal*" do poeta romântico inglês William Wordsworth (1770–1850). "*A slumber did my spirit seal;/ I had no human fears:/ She seemed a thing that could not feel/The touch of earthly years.// No motion has she now, no force;/ She neither hears nor sees;/ Rolled round in earth's diurnal course,/ With rocks, and stones, and trees.*" Ver: https://www.poetryfoundation.org/poems/45553/a-slumber-did-my-spirit-seal. Acesso em: 16 jan. 2025.
O verso que Woolf cita, por meio do personagem Tennyson, é: "*Rolled round in earth's diurnal course/ with stocks and stones and trees*". Contudo, no original, Wordsworth utiliza a palavra *rocks*, e não *stocks*, como o faz Woolf. Decidi manter a versão cômica de Woolf, pois nesta farsa ela satiriza Tennyson como uma figura que, apesar da vaidade artística, comete erros ao tentar citar outros poetas de cor. Desse modo, traduzi "*stocks and stones and trees*" por "agrupamentos de pedras e árvores".

3 Versos do poema "*In Memorian*", de Alfred Tennyson. "*'Tis better to have loved and lost/ Than never to have loved at all*". Woolf está claramente satirizando a vaidade vitoriana masculina por meio do personagem Tennyson, pois este, apesar de todos falarem da possível morte de Ellen, cita Wordsworth e a si mesmo de cor.

4 "*Wearing the white flower of a blameless life.*" Verso de outro poema de Tennyson: "*Dedication*", que faz parte de *Idylls of the King* (1869).

5 Verso do poema "*To Marguerite*", do poeta e crítico literário britânico Matthew Arnold (1822–1888), cujas ideias influenciaram bastante o pensamento vitoriano.

6 Durante a Primeira Guerra Mundial, o racionamento de alimentos levou à busca por fontes alternativas de proteína, incluindo a exploração de animais marinhos como golfinhos e toninhas. Esses cetáceos, frequentemente considerados uma alternativa viável devido à sua abundância em certas regiões, serviam como recurso de emergência para marinheiros em períodos de escassez. O relato de W. P. Pycraft, naturalista britânico, evidencia esse contexto, detalhando o consumo de carne de baleia e seu uso versátil, que incluía tanto a alimentação quanto aplicações práticas, como a produção de óleo para evitar o pé de trincheira e até em explosivos. Ver: Lucinda Morre, *Images of War: Animals in the Great War – Rare Photographs from Wartime Archives*. South Yorkshire: Pen & Sword, 2017, p. 23.

7 Referência ao poeta e dramaturgo Robert Browning. De acordo com Lucio P. Ruotolo (1975, p. 62), o filho de Tennyson teria registrado uma conversa entre o pai e Robert Browning. Este teria dito que seria capaz de fazer

rimas com quaisquer palavras da língua inglesa. Vale notar também que a esposa de Browining, a poeta Elizabeth Barrett Browning (1806–1861), foi ficcionalizada por Woolf em *Flush: A Biography* (1933a), uma biografia imaginária de um *cocker spaniel*, cuja dona era a referida poeta.

8 Referência à área de Kensal Green, no centro-oeste de Londres, Inglaterra, ou até mesmo ao cemitério de mesmo nome.

9 "Negativos de colódio úmido": processo fotográfico desenvolvido no século XIX pelo inglês Frederick Scott Archer (1813–1857). Em inglês, o termo mencionado por Woolf é *wet plates*. Preferi reduzir o termo para "negativos" a fim de deixar o texto transparente.

10 Versos da marcha *Hearts of Oak* (1759), composta por David Garrick, com melodia de William Boyce. Esta é a marcha oficial da Marinha Real Britânica. No Youtube, podemos conferi-la em: https://www.youtube.com/watch?v=4NXFCDgyanA. Acesso em: 16 jan. 2025. Vale notar que Woolf não cita os versos originais. O que Tennyson diz é: "*Heart of oak are our ships, heart of oak are our men/ We'll fight 'm and beat 'em again and again*". Na verdade, os versos de Garrick dizem: "*Heart of oak are our ships, heart of oak are our men;/ We always are ready, steady, boys, steady!/ We'll fight and we'll conquer again and again*".

11 No hinduísmo, este termo refere-se às formas masculina e feminina de Deus.

12 Verso de "Maud".

13 No original, Craig diz "W.C.1" (Western Central 1), que se refere ao código postal de uma área específica do extremo oeste de Londres. O número "1" refere-se à localização de algumas ruas, tal como New Oxford Street (WC1A). Já Gordon Square é um parque que fica no distrito de Bloomsbury (WC1B), uma área residencial também no extremo oeste de Londres. A fim de manter a comicidade desta passagem, visto que Watts logo em seguida pede que Craig tenha cuidado com as palavras, decido traduzir por "zona central", visto que "zona" pode ter um sentido negativo em português. Além disso, sabemos que o lugar do qual estão falando é Bloomsbury, lugar que ficou conhecido por seus artistas que experimentavam novas formas de ser e estar no mundo. Logo, para conservadores da época, poderia se tratar de uma "zona".

14 Longo poema de Alfred Tennyson dedicado ao amigo Arthur Hallam, que morreu repentinamente em 1833. O filho de Tennyson, Hallam Tennyson, nascido em 1852, ganha o nome desse amigo.

15 Neste caso, acho apropriado tirar o termo WC1 e fazer uma referência direta a Bloomsbury, pois John está falando com Ellen, e ele já havia dito a ela que iriam para Bloomsbury no Ato II.

16 No original, é dito que todos saem, com exceção de Tennyson e Watts. No entanto, Maria continua em cena, como veremos a seguir.

17 Versos de "Maud".

18 Versos de "Maud".

19 Verso de "Maud".

20 Woolf utiliza o termo *peerage*, que pode ser traduzido por "pariato". Pariato é um sistema monárquico que concede títulos de nobreza.

21 "Ordem de Mérito" é uma condecoração britânica dada a membros das Forças Armadas e artistas que tenham prestado serviços de excelência.

FRESHWATER

a comedy

1923

FRESHWATER

DRAMATIS PERSONAE

CHARLES HENRY HAY CAMERON

MRS. JULIA CAMERON

G. P. WATTS

ELLEN TERRY

LORD TENNYSON

MR. CRAIG

MARY MAGDALEN

SERVANTS

A drawing room at Dimbola, hung with photographs; CHARLES CAMERON, *a very old man with long white hair and beard, is sitting with a bath towel round his head.* MARY MAGDALEN, *the housemaid, is engaged in rubbing his hair, which has just been washed, and is of the utmost fineness.*

MR. C. The sixth time in eight months! Whenever we start for India, Julia insists – [*Here* MARY, *who is combing, tugs his hair sharply.*] – Ah! Ah! Ah! – Julia insists that I must have my head washed. Yet we never do start for India – I sometimes think we never shall start for India. At the last moment something happens – something always happens. And so we stay on and on, living this life of poetry, of photography, of frivolity, and I shall never see the land of my spiritual youth. I shall never learn the true nature of virtue from the fasting philosophers of Baluchistan. I shall never solve the great problem, or answer the Eternal Question. I am a captive in the hands of Circumstance – [MARY *now tugs his beard.*] *Ah! Oh! Oh!*

MARY Mr. Cameron, dear darling Mr. Cameron, do let me wash your beard. It's the most beautiful beard in the whole Isle of Wight. Mrs. Cameron will never let you go to India – [*Enter* MRS. CAMERON, *a brown-faced gipsylike-looking old woman, wearing a green shawl, fastened by an enormous cameo. She stops dead and raises her hand.*]

MRS. C. What a picture! What a composition! Truth sipping at the fount of inspiration! The soul taking flight from the body! Upward, girl, look upward! Fling your arms round his neck and look upward! [*MARY and MR. C. assume a pose.*] Let your head fall on your breast, Charles. The soul has left its mortal tenement. She wings her way – where are the wings, the angel's wings, the turkey's wings, Andrews gave me last Christmas?

MARY They're packed, ma'am.

MRS. C. Packed – why packed? Ah – I remember. We start for India at two thirty sharp. [*MARY goes on combing the beard.*] Did you ever hear anything so provoking? I've only just time to finish my study of Sir Galahad watching the Holy Grail by moonlight. Cook was posed. The light superb. At the last moment up comes word that Galahad has to take the sheep to Yarmouth. It's market day. Sheep! Market day! [*With great scorn*] Where I'm to find another Galahad heaven only knows! [*She looks distractedly about the room, out of the window and soon.*]

MR. C. [*lying back with his eyes shut, while MARY washes his beard*] Loose your mind from the affairs of the present. Seek truth where truth lies hidden. Follow the everlasting will o' the wisp – Magdalen, don't tug my beard. Cast away your vain fineries. Let us be free like birds of the air. [*Growing more and more excited, and speaking in a loud prophetic voice*] At two thirty we start for India!

[*The door opens as he says this and* LORD TENNYSON *enters.*]

LORD T. So Emily told me. Julia Cameron has ordered the coffins, she said, and at two thirty they start for India.

MRS. C. [*advancing upon him and speaking in a sepulchral voice*] Julia Cameron has ordered the coffins but the coffins have not come. It's that villain Ashwood again. This is the sixth time I have ordered the coffins and the coffins have not come. But without her coffins Julia Cameron will not start for India. For, Alfred [*she stands before him, fixing him with her eyes*], when we lie dead under the Southern Cross, my head will be raised upon a copy of *In Memoriam*. *Maud* lies upon my heart. In my right hand I hold the quill which wrote – under providence – "The Passing of Arthur." In my left, the slipper which you threw at my head when I asked you to sit for my two hundredth study of Arthur saying farewell to Sir Bedivere. [*She casts her eyes up and speaks in a deep ecstatic voice.*] All is over, Alfred. All is ready. It is a deep Southern night. Orion glitters in the firmament. The scent of the tulip trees is wafted through the open window. The silence is only broken by the sobs of my faithful friends and the occasional howl of a solitary tiger. And then – what is this? What infamy is this? [*She plucks at her wrist, picks something off it, and holds it towards* TENNYSON.]

An Ant! A White Ant! They are advancing in hordes from the jungle, Alfred. I hear the crepitation of their myriad feet. They will be upon me before dawn. They will eat the flesh off my bones. Alfred, they will devour *Maud*!

LORD T. [*greatly shocked*]God bless my soul! The woman's right. Devour *Maud*! It's too disgusting! It must be stopped. Devour *Maud* indeed! My darling *Maud*! [*He presses the book beneath his arm.*] But what an awful fate! What a hideous prospect! Here are my two honoured old friends, setting sail, in less than three hours, for an unknown land where, whatever else may happen, they can never by any possible chance hear me read *Maud* again. But [*he looks at his watch*] what is the time? We have still two hours and twenty minutes. I have read it in less. Let us begin.

[*LORD TENNYSON sits down by the window which opens into the garden and begins to read aloud.*]

I hate the dreadful hollow beneath the little
wood,
Its lips in the field above are dabbled with
blood –
red heath,
The red-ribb'd ledges drip with a silent horror
of blood,
And Echo there, whatever is ask'd her,
answers
"Death."

MRS. C. [*interrupting him*] Alfred, Alfred, I seek Sir Galahad. Where shall I find a Galahad? Is there no gardener, no footman, no pantry boy at Farringford with calves – he must have calves. Hallam alas has grown too stout. A Galahad! A Galahad!

[*She goes wringing her hands and crying "A Galahad!" out of the room,* TENNYSON *goes on reading steadily.*]

LORD T. For there in the ghastly pit long since a body was found,
His who had given me life – O father!
O God was it well? –
Mangled, and flatten'd, and crush'd, and
dinted into the ground;
There yet lies the rock that fell with him when he fell.

[TENNYSON *becomes absorbed in his reading and does not notice that* [*illegible*], MR. CAMERON *falls asleep and snores gently.* TENNYSON *goes on reading. The door opens and* ELLEN TERRY *comes in, dressed in white veils which are wrapped about her arms, head, etc.* TENNYSON *reads on to himself in rather a low voice, without noticing her.* MR. CAMERON *snores very quietly.*]

ELLEN [*looking from one to the other*] O how usual it all is. Nothing ever changes in this house. Somebody's always asleep. Lord Tennyson is always reading *Maud*. The cook is always being photographed. The Camerons are always starting for India. I'm always sitting to Signor. I'm Modesty today – Modesty crouching at the feet of Mammon. If it weren't for Mammon, I should be there still.

But Mammon's big toe is out of drawing. Of course Signor with all his high ideals couldn't pass that. So I slipped down and escaped. If I only *could* escape. [*She wrings her hands in desperation.*] For I never thought when I married Mr. Watts that it was going to be like this. I thought artists were such jolly people – always dressing up and hiring coaches and going for picnics and drinking champagne and eating oysters and kissing each other and – well, behaving like the Rossettis. As it is, Signor can't eat anything except the gristle of beef minced very fine and passed through the kitchen chopper twice. He drinks a glass of hot water at nine and goes to bed in woolen socks at nine thirty sharp. Instead of kissing me he gives me a white rose every morning. Every morning he says the same thing – "The Utmost for the Highest, Ellen! The Utmost for the Highest!" And so of course I have to sit to him all day long. Everybody says how proud I must be to hang for ever and ever in the Tate Gallery as Modesty crouching beneath the feet of Mammon. But I'm an abandoned wretch, I suppose. I have such awful thoughts. Sometimes I actually want to go upon the stage and be an actress. What would Signor say if he knew? And then, when I'm dressed like this, all in white and crouching there under Mammon's big toe, it suddenly comes into my head that I should like somebody to fall in love with me. And, what's much worse – oh, it's so unspeakable that I can't think how I've the face to go

on crouching any longer – somebody *has* fallen in love with me. At least I think so. It happened like this. Signor and I were picking primroses in Maidens Lane. Suddenly I heard the sound of galloping hoofs, and a horse and rider sprang right over our heads. Luckily, the lane was very deep, or we should have been killed. Luckily, Signor is very deaf and he heard nothing. But I had just time to see a beautiful, sunburnt, whiskered face and to catch this. [*She takes out a piece of paper and reads.*] Come into the garden, Nell, I'm here at the gate alone.
Tuesday, Midday, Craig.
Tuesday! Midday! Craig! It is Tuesday. [*She goes up to the mantelpiece and looks at the large ticking clock.*] It is just half past eleven. But who's Craig?

LORD T. [*bursting out in great agitation*] Colvin has the temerity to say that my lyrics are better than my narrative. Gosse has the audacity to affirm that my narrative is better than my lyrics. That is the kind of criticism I have to endure. That is my daily portion of insult and injustice. If I weren't the most stoical man in the world, the very skin on my wrists would rise and blossom in purple and red at the innumerable bites of the poisoned bugs and pismires of the Press! [*He shoots out his hand and looks at it.*] That's a wonderful hand now. The skin is like a crumpled rose leaf. Young woman [*beckoning to* ELLEN], have you ever seen a poet's skin? – a great poet's skin? Ah, you should see me in my bath! I have thighs like alabaster.

ELLEN It's a very beautiful skin, Lord Tennyson.

LORD T. And you're a very beautiful wench. Get on my knee.

ELLEN I sometimes think you're the most sensible of them all, Lord Tennyson.

LORD T. [*kissing her*] I am sensible to beauty in all its shapes. That is my function as Poet Laureate.

ELLEN Tell me, Lord Tennyson, have *you* – ever picked primroses?

LORD T. Millions and millions of times.

ELLEN And did Lady Tennyson ever jump over your head?

LORD T. Jump! Emily jump! She has lain on her sofa for fifty years. She took to it on her honeymoon, and I should be surprised, indeed I should be shocked, if she ever got up again.

ELLEN Then I suppose you were never in love. You were never in the devil of a mess. Nobody ever painted you in your chemise. Nobody ever gave you a white rose. Nobody ever threw a note into your hand and galloped away.

LORD T. No: Hallam never galloped. He had a bad seat on horseback. My life has been singularly free from amorous excitement of the kind you describe. Tell me more.

ELLEN If you were quite young and you saw somebody you wanted to marry and she was married already to an old, old man, would you throw everything to the winds – your name, your fame, your house, your books, your servants, your wife – and elope with her?

LORD T. [*in great agitation*] I should! I should!

ELLEN Thank you, Lord Tennyson. You're a very great poet!
[*She kisses him, slips off his knee and runs out of the room.*]

MR. C. [*opening his eyes slowly*] Alfred, Alfred!

LORD T. [*much startled*] I thought you were asleep!

MR. C. It is when our eyes are shut that we see most!

LORD T. But there is no need to mention it to Emily.

MR. C. [*dreamily*] I slept, and had a vision.
I thought I was looking into the future. I saw a yellow omnibus advancing down the glades of Farringford. I saw girls with red lips kissing young men without shame.
I saw innumerable pictures of innumerable apples. Girls played games. Great men were

no longer respected. Purity had fled from the hearth. The double bed had shrunk to a single. Yet as I wandered, lost, bewildered, utterly confounded, through the halls of Alfred Tennyson's home, I felt my youth return. My eyes cleared, my hair turned black, my powers revived. And [*trembling and stretching his arms out*] there was a damsel – an exquisite but not altogether ethereal nymph. Her name was Lydia. She was a dancer. She came from Muscovy. She had danced before the Tsar. She snatched me by the waist and whirled me through the currant bushes. Oh Alfred, Alfred, tell me, was it but a dream?

[*Enter* GEORGE FREDERIC WATTS *carrying a palette.*]

WATTS Where is Ellen? Has anybody seen Ellen? She must have slipped from the room without my noticing it. [*Turning to the audience and speaking in rapturous tones*] Praise be to the Almighty Architect! The toe of Mammon is now, speaking under Providence, in drawing. Ah, my dear old friends, that toe has meant months of work – months of hard work. I have allowed myself no relaxation. I have sustained my body on the gristle of beef passed through the kitchen chopper twice, and my soul by the repetition of one prayer – The Utmost for the Highest! The Utmost for the Highest. At last my prayer has been heard; my request granted. The toe, the big toe, is now in drawing.

[*He sits down.*]

LORD T. [*gloomily*] It sometimes seems to me that the toe is not the most important part of the human body, Watts.

WATTS [*starting up*] There speaks the voice of the true artist. You are right, Alfred. You have recalled me from my exaltation; upwards, you point upwards. You remind me that even if I have succeeded, humanly speaking, with the toe, I have not solved the problem of the drapery. That, indeed, is a profoundly difficult problem. For by my treatment of the drapery I wish to express two distinct and utterly contradictory ideas. In the first place it should convey to the onlooker the idea that Modesty is always veiled; in the second, that Modesty is absolutely naked. For a long time I have pondered at a loss. At last I have solved the problem. I am wrapping her form in a fine white substance, which has the appearance of a veil but, if you examine it closely, is seen to consist of innumerable stars. It is, in short, the Milky Way. For in the Mythology of Ancient Egypt the Milky Way was held to symbolise – let me see, what did it symbolise? –
[*He searches in his pockets and takes out a large book.*]

[*Enter* MRS. CAMERON *with her camera.*]

MRS. C. What is the use of a policeman if he has no calves? There you have the tragedy of my life. That is Julia Margaret Cameron's message to her age! [*She sits down facing the audience.*] All my sisters were beautiful, but I had genius [*touching her forehead*]. They were the brides of men, but I am the bride of Art. I have sought the beautiful in the most unlikely places. I have searched the police force at Freshwater, and not a man have I found with calves worthy of Sir Galahad. But, as I said to the Chief Constable, "Without beauty, Constable, what is order? Without life, what is law?" Why should I continue to have my silver protected by a race of men whose legs are aesthetically abhorrent to me? If a burglar came and he were beautiful, I should say to him: Take my fish knives! Take my cruets, my bread baskets and my soup tureens. What you take is nothing to what you give, your calves, your beautiful calves. I have sought beauty in public houses and found her playing the concertina in the street. My cook was a mendicant. I have transformed her into a Queen. My housemaid sold bootlaces at Charing Cross; she is now engaged to the Earl of Dudley. My bootboy stole eggs and was in prison. He now waits at table in the guise of Cupid.

WATTS [*crying out in agony*] Horror! Horror! I have been cruelly misled – utterly deceived. [*He reads aloud.*] "The Milky Way among the Ancient Egyptians was the universal token of fertility. It symbolised the spawn of fish, the innumerable progeny of the sea, and the harvest of the fields. It typified the fertility of the marriage bed, and its blessings were called down upon brides at the altar." Horror! Horror! I who have always lived for the Utmost for the Highest have made Modesty symbolise the fertility of fish! My picture is ruined! I must start afresh. It will cost me months of work, but it must be done. It shall never be said that George Frederic Watts painted a single hair that did not tend directly – or indirectly – to the spiritual and moral elevation of the British Public. Where is Ellen? There is not a moment to be lost. The Utmost for the Highest! The Utmost for the Highest!

MR. C. Where is Ellen, Alfred?

LORD T. Where is Lydia, Charles?

MRS. C. Who is Lydia?

LORD T. Who is Lydia, what is she that all our swans adore her?

MR. C. She is a Muscovite. She danced before the Tsar.

MRS. C. The very person I want! A housemaid who can dance!

WATTS I have been visited by a most marvellous inspiration. Why should I not transform

Modesty into Maternity? I see no treachery to the British Public in that. Mammon trampling upon Maternity. The sound is certainly excellent; but what about the sense?

LORD T. Take care of the sound and the sense will take care of itself.

WATTS [*fumbling in his pocket and producing several papers*] I must make sure of my facts this time. I have here a letter from Rosalind, Countess of Carlisle, a very noble and highminded lady whom I am even now painting as Boadicea or Godiva – I forget which – but here it is. She is profoundly interested in the suppression of the sale of spirituous liquors – a movement which has my fullest sympathy; but hitherto, owing partly to the pressure of other subjects, I have not devised any means of treating a glass of hot water allegorically. [*He reads.*] "Dearest Signor, great painter of all time, brother of Michael Angelo, son of Titian, nephew of Tintoret, you who wear the white flower of a blameless Art, will scarcely credit the fact that the Working Classes of Great Britain spend upon beer in one year a sum sufficient to maintain and equip twenty battleships or two million horse marines." No; that had never struck me. Never! But there is my picture! Lady Carlisle has given me my picture! Mammon typifies British love of beer. Maternity, two million horse marines.

The Milky Way symbolising the spawn of fish and the fertility of the marriage bed may be held, without impropriety, to be highly symbolical of two million horse marines. Thus the picture will serve I hope a very high and holy purpose. I shall call it Mammon trampling upon Maternity, or the Prosperity of the British Empire being endangered –

LORD T. [*interrupting*] – by the fertility of the Horse Marines.

WATTS No, no, no, Alfred. You mistake my meaning entirely. I shall call it Mammon trampling upon Maternity or the Prosperity of the British Empire being endangered by the addiction of the Working Classes to the Consumption of Spirituous Liquors –

LORD T. [*shrieking and clasping his head*] Oh, oh, oh – twelve *s*'es in ten lines – twelve *s*'es in ten lines! The pro*ss*sperity of the British – the *ss*spawn of the Horse Marines – con*sss*umption of *sss*pirituous fi*sss*hes – Oh, oh, oh, I feel faint!
[*He sinks onto the table.*]

MRS. C. [*planting her tripod*] "The Passing of Arthur!" [*WATTS up to TENNYSON and patting him on the shoulder*] Cheer up, my dear old friend; cheer up. I will be guided entirely by your wishes. I will call it merely "Mammon trampling upon Maternity." Unless I mistake – and I have made some very terrible mistakes today – there is not a single letter s in the line.

LORD T. The moan of doves in immemorial elms. The murmuring of innumerable bees. Myriads of rivulets hurrying through the lawns. Forgive my weakness. It is years since I encountered the letter s in such profusion. Hallam eradicates them from the *Times* with a penknife every morning. Even so, the Siege of Sevastopol was almost the death of me. If I had not been engaged in writing *Maud* at the time, I doubt that I could have survived. Living at Farringford there is constant danger from flocks of geese. So I carry a copy of my own works wherever I go and fortify myself by repeating the mellow ouzel fluting on the lawn, the moan of doves in immemorial elms. Maud, Maud, Maud, they are crying and calling. Maud, Maud, Maud. [*He sits down by the window and begins to read.*]

MRS. C. [*fluttering her fingers*] "Inspiration – or the poet's dream." Look at the outline of the nose against the ivy! Look at the hair tumbling like Atlantic billows on a stormy night! And the eyes – look up, Alfred, look up – they are like pools of living light in which thoughts play like dolphins among groves of coral. The legs are a trifle short, but legs, thank God, can always be covered. [*She covers his legs with an embroidered table cloth.*] Charles, rouse yourself. Signor, lean against the window frame. Cook! Louisa! Mary Magdalen! James! Lord Tennyson is about to read *Maud*.

[*The servants come trooping in,* COOK *dressed as Guinevere;* JAMES *as Cupid. They form a tableau round* LORD TENNYSON *at the window.*]

MRS. C. [*to the audience*]"Alfred, Lord Tennyson reading *Maud* to Julia Margaret Cameron for the last time."

LORD T. Come into the garden, Nell. [*The clock begins striking twelve as he reads.*]
I am here at the gate alone;
And the woodbine spices are wafted abroad.
And the musk of the rose is blown.
She is coming, my own, my dear;
Were it ever so airy a tread,
My heart would hear her and beat,
Were it earth in an earthy bed;
My dust would hear her and beat,
Had I lain for a century dead;
Would start and tremble under her feet.
And blossom in purple and red.

MRS. C. [*in great excitement, pointing at the window*] Sir Galahad!

ALL Sir Galahad?

MRS. C. There among the raspberry canes – kissing; no, being kissed. Wait, young man. Wait! [*She dashes out of the room.*]

MR. C. I slept, and had a vision in my sleep. I saw a yellow omnibus advancing down the glade. I saw Lydia among the raspberry canes.

WATTS Your music, Alfred, has tuned my mind to its highest pitch, and I now feel inspired to approach the most awful problems of my art in a spirit of devout devotion. But where is Ellen? I must find Ellen. Where is Ellen?

[*Enter* MRS. CAMERON *with* ELLEN TERRY, *who is dressed as a young man.*]

MRS. C. I have found him at last. Sir Galahad!

[*Everybody stares.* WATTS, TENNYSON *and* MR. CAMERON *rise to their feet.*]

LORD T. Nell!

MR. C. Lydia!

WATTS Ellen! Oh, Modesty, Modesty. [*He sinks down covering his face with his hand.*]

MRS. C. Why, it's Ellen Terry dressed up as a man. How becoming trousers are, to be sure! I have never, never, seen anything so exquisite as Ellen in the arms of a youth among the raspberry canes.

WATTS [*starting up*] In the arms of a youth! In trousers in the arms of a youth! My wife in trousers in the arms of a youth!

Unmaidenly! Unchaste! Impure! Out of my sight! Out of my life!

[*Enter MR. CRAIG.*]

CRAIG And into my arms. Come along, Nell. It's time we were off. You can't keep a horse tied up at the gate all day in this weather.

MR. C. I slept, and had a vision in my sleep.
I thought I saw a motor omnibus advancing down the glades of Farringford. What colour is your horse, young Sir?

CRAIG A strawberry roan.

MR. C. Then my dream has come – more or less – true. The omnibus was yellow.

WATTS Miserable girl – if girl I still can call you.
I could have forgiven you much but not this. Had you gone to meet him as a maiden, in a veil, or dressed in white, it would have been different. But trousers – no – check trousers; no. Go then. Vanish with your paramour to lead a life of corruption.

CRAIG Hang it all, Sir. I have a large house in Gordon Square.

WATTS Go then to Gordon Square. Found a society in which the sanctity of the marriage vow is no longer respected, where veils are rent and trousers, check trousers –

ELLEN O, I was forgetting. [*She pulls a long veil out of her pocket.*] Here's your veil. I intend to wear trousers in future. I never could understand the sense of wearing veils in a climate like this.

WATTS Unhappy maiden. You have no ideals. No imagination. No religion. No sense of the symbolical in art. The veil which you cast asunder symbolises purity, modesty, chastity –

LORD T. – and the fertility of fish. Don't forget that, Watts.

ELLEN [*to CRAIG*] I don't understand a word they're saying. But then I never did. Can't we escape to some place where people talk sense?

WATTS Go to Bloomsbury. In that polluted atmosphere spread your doctrines, propagate your race, wear your trousers. But there will come a day [*he raises his eyes and clasps his hands*] when the voice of purity, of conscience, of high mindedness, of nobility, and truth, will again be heard in the land.

MR. C. [*gazing in front of him as if at a vision*] The reference is to Middleton Murry and the *Adelphi*. All expectations have been surpassed. You are urgently advised to secure advertising space without delay. High Mindedness pays.

WATTS Thank God for that! It was not so in my day. To this Middleton Murry, then, I bequeath my mantle. [*He flourishes the veil.*] As for you [turning upon *ELLEN* and *MR. CRAIG*] guilty, unbridled, unhallowed couple, fly!

[*The door opens, and undertakers carry in two coffins which they put down in the middle of the room.*]

MRS. C. They have come. They have come!

MR. C. At last, at last! We start for India. [*MR. and MRS. CAMERON clasp hands and stand by the coffins.*]

MR. AND MRS. C. We start for India. We go to seek a land less corrupted by hypocrisy, where nature prevails. A land where the sun always shines. Where philosophers speak the truth. Where men are naked. Where women are beautiful. Where damsels dance among the currant bushes – It is time – It is time. We go; we go.

ELLEN AND CRAIG And we go too. We go to a land –

ELLEN Oh I've had enough of this style of talking! The fact is we're going to Bloomsbury – number forty-six Gordon Square, W.C. 1. There won't be no veils there! Not if I know it!

MR. C. [*walking slowly out of the room with his hands stretched before him*] Lydia – Lydia – I come – I come!

MRS. C. [*running back into the room*] Wait, wait. I have left my camera behind. [*She takes it and holds it towards* ELLEN TERRY.] It is my wedding gift, Ellen. Take my lens. I bequeath it to my descendents. See that it is always slightly out of focus. Farewell! Farewell!

[*Exeunt* MR. *and* MRS. CAMERON *and* ELLEN *and* CRAIG. *A noise of shouting is heard, which dies away and grows again. Excited servants rush in.*]

SERVANTS It is the Queen, my Lord! She has driven over from Balmoral to see you. [*HER MAJESTY QUEEN VICTORIA is wheeled in in an arm chair.*]

WATTS [*falling on his knees at her feet*] The Utmost for the Highest!

LORD T. [*to the audience, very grimly*] The comedy is over.

[*LORD TENNYSON falls on his knees. Several gramophones play "God Save the Queen," and the curtain falls.*]

CURTAIN

1935

FRESHWATER

DRAMATIS PERSONAE

CHARLES HAY CAMERON

MRS. JULIA CAMERON

G. P. WATTS

ELLEN TERRY

LORD TENNYSON

MR. CRAIG

MARY MAGDALEN

MITZI, THE MARMOSET

THE PORPOISE

QUEEN VICTORIA

ACT I

A studio. MRS. CAMERON washing MR. CAMERON's head. ELLEN TERRY on the model's throne posing to WATTS for Modesty at the feet of Mammon.

MRS. C. Sit still, Charles! Sit still! Soap in your eyes? Nonsense. Water down your back? Tush! Surely you can put up with a little discomfort in the cause of art!

MR. C. The sixth time in eight months! The sixth time in eight months! Whenever we start for India Julia washes my head. And yet we never do start for India. I sometimes think we never shall start for India.

MRS. C. Nonsense, Charles. Control yourself, Charles. Remember what Alfred Tennyson said of you: A philosopher with his beard dipped in moonlight. A chimney-sweep with his beard dipped in soot.

MR. C. Ah, if we could but go to India. There is no washing in India. There beards are white, for the moon for ever shines, on youth, on truth, in India. And here we dally, frittering away our miserable lives in the withered grasp of –
[*MRS. C. washes vigorously.*]

WATTS [*looking around.*]Courage, my old friend. Courage. The Utmost for the Highest, Cameron. Always remember that. [*to ELLEN*]

Don't move, Ellen. Keep yourself perfectly still. I am struggling with the great toe of Mammon. I have been struggling for six months. It is still out of drawing. But I say to myself, The Utmost for the Highest. Keep perfectly still.

[*Enter Tennyson*]

TENN The son of man has nowhere to lay his head.

MR. C. Washing day at Farringford too, Alfred?

TENN Twenty earnest youths from Clerkenwell are in the shrubbery; six American professors are in the summer house; the bathroom is occupied by the Ladies Poetry Circle from Ohio. The son of man has nowhere to lay his head.

MR. C. Loose your mind from the affairs of the present. Seek truth where truth lies hidden. Follow the everlasting will o' the wisp. Oh don't tug my beard! [*MRS. C. releases him.*] Heaven be praised! At two thirty we start for India. [*MR. C. walks away to the window.*]

TENN Upon my word! You don't say you're really going?

MRS. C. [*wringing out her sponge*] Yes, Alfred. At two thirty we start for India – that's to say if the coffins have come. [*MRS. C. gives the sponge to MARY.*] Take my sponge, girl; now go and see if the coffins have come.

MARY. If the coffins have come! Why, it's the Earl of Dudley who's come. He's waiting for me in the kitchen. He's not much to look at but he's a deal sight better than coffins any day.

MRS. C. We can't start for India without our coffins. For the eighth time I have ordered the coffins, and for the eighth time the coffins have not come. But without her coffin Julia Cameron will not start for India. Think, Alfred. When we lie dead under the Southern Cross my head will be pillowed upon your immortal poem *In Memorian*. *Maud* will lie upon my heart. Look – Orion glitters in the southern sky. The scent of tulip-trees is wafted through the open window. The silence is only broken by the sobs of my husband and the occasional howl of a solitary tiger. And then what is this – what infamy do I perceive? An ant, Alfred, a white ant. They are advancing in hordes from the jungle. Alfred, they are devouring *Maud*!

TENN God bless my soul! Devouring *Maud*? The white ants! My ewe lamb! That's true. You can't go to India without your coffins. And how am I going to read Maud to you when you're in India? Still – what's the time? Twelve fifteen? I've read it in less. Let's begin.

I hate the dreadful hollow behind the little wood,
Its lips in the field above are dabbled with blood-red heath,
The red-ribb'd ledges drip with a silent horror of blood,

And Echo there, whatever is ask'd her,
answers
'Death.'
For there in the ghastly pit long since a
body was
found,
His who had given me life –O father!
O God!

MRS. C That's the very attitude I want! Sit still, Alfred. Don't blink your eyes. Charles, you're sitting on my lens. Get up.

[*MRS. C. fixes her tripod. TENNYSON goes on reading* Maud.]

ELLEN [*stretching her arms*]. Oh, Signor, can't I get down? I am so stiff.

WATTS Stiff, Ellen? Why you've only kept that pose for four hours this morning.

ELLEN Only four hours! It seems like centuries. Anyhow I'm awfully stiff. And I would so like to go for a bathe. It's a lovely morning. The bees on the thorn. [*ELLEN clambers down off the model's throne and stretches herself.*]

WATTS You have given four hours to the service of art, Ellen, and are already tired. I have given seventy-seven years to the service of art and I am not tired yet.

ELLEN O Lor'!

WATTS If you must use that vulgar expression, Ellen, please sound the final *d*.

ELLEN [*standing beside* TENNYSON] Oh Lord, Lord, Lord!

TENN I am not yet a Lord, damsel; but who knows? That may lie on the lap of the Queen. Meanwhile, sit on *my* lap.

[*ELLEN sits on TENNYSON's knee.*]

MRS. C Another picture! A better picture! Poetry in the person of Alfred Tennyson adoring the Muse.

ELLEN But I'm Modesty, Mrs. Cameron; Signor said so. I'm Modesty crouching at the feet of Mammon, at least I was ten minutes ago.

MRS. C. Yes. But now you're the Muse. But the Muse must have wings. [*MRS. C. rummages frantically in a chest. She flings out various garments on the floor.*] Towels, sheets, pyjamas, trousers, dressing gowns, braces – braces but no wings. Trousers but no wings. What a satire upon modern life! Braces but no wings! [*MRS. C. goes to the door and shouts.*] Wings! Wings! Wings! What'd you say, Mary? There are no wings? Then kill the turkey! [*MRS. C. shuffles among the clothes. She exits.*]

TENN [*to ELLEN*] You're a very beautiful wench, Ellen!

ELLEN And you're a great poet, Mr. Tennyson.

TENN Did you ever see a poet's skin? [*He pull up his sleeve and shows her his arm.*]

ELLEN Like a crumpled rose leaf!

TENN Ah, but you should see me in my bath! I have thighs like alabaster!

ELLEN I sometimes think, Mr. Tennyson, that you are the most sensible of them all.

TENN [*kissing her*] I am sensible to beauty in all its forms. That is my function as Poet Laureate.

ELLEN Tell me, Mr. Tennyson, have you ever picked primroses in a lane?

TENN Scores of times.

ELLEN And did Lady Tennyson ever jump over your head on a horse?

TENN Emily jump? Emily jump? She has lain on her sofa for fifty years and I should be surprised, nay I should be shocked, if she ever got up again.

ELLEN Then I suppose you were never in love. Nobody ever jumped over your head and dropped a white rose into your hand and galloped away?

TENN Hallam never galloped. He had a bad seat on a horseback. My life has been singularly free from amorous excitement of the kind you describe. Tell me more.

ELLEN Well you see, Mr. Tennyson, I was walking in a lane the other day picking primroses when –

MRS. C. [*re-entering*] Here's the turkey wings.

ELLEN Oh, Mrs. Cameron, have you killed the turkey? And I was so fond of that bird.

MRS. C. The turkey is happy, Ellen. The turkey has become part and parcel of my immortal art. Now, Ellen. Mount this chair. Throw your arms out. Look upwards. Alfred, you too – look up!

TENN To Nell!

WATTS I do not altogether approve of the composition of this piece, Julia.

MRS. C. The Utmost for the Highest, Signor. Now, keep perfectly still. Only for fifteen minutes.

MR. C. [*looking at the MARMOSET*] Life is a dream.

TENN Rather a wet one, Charles.

MR. C. All things that have substance seem to be unreal. What are these? [*He picks up the braces.*] Braces. Fetters that bind us to the wheel of life. What are these?

[*He picks up the trousers.*] Trousers. Fig leaves that conceal the truth. What is truth? Moonshine. Where does the moon shine for ever? India. Come, my marmoset, let us go to India, the land of our dreams. [*He walks to the window. A whistle sounds in the garden.*]

ELLEN I come! I come! [*She jumps down and rushes out of the room.*]

MRS. C. She spoilt my picture!

TENN. *My* picture too.

MRS. C. The girl's mad. The girl's gone clean out of her wits. What can she want to go bathing for when she might be sitting to me?

TENN [*opens* Maud *and begins reading*] Well:

Come into the Garden, Maud,
For the black bat, night, has flown,
Come into the Garden, Maud,
I am here at the gate alone –

WATTS Alfred, tell me. Is your poetry based on facts?

TENN Certainly it is. I never describe a daisy without putting it under the microscope first. Listen.

For her feet have touch'd the meadows
And left the daisies rosy.

Why did I say "rosy"? Because it's a fact–

MR. C. I thought I saw something which many people would call a fact pass the window just now. A fact in trousers; a fact in the side whiskers; a handsome fact, as facts go. A young man, in fact.

MRS. C. A young man! Just what I want. A young man with noble thighs, ambrosial locks and eyes of gold. [*She goes to the window and calls out*:] Young man! Young man! I want you to come and sit to me for Sir Isumbras at the Ford. [*She exists. A donkey brays. She comes back into the room.*] That's not a man. That's a donkey. Still, to the true artist, one fact is much the same as another. A fact is a fact; art is art; a donkey's a donkey. [*She looks out of the window.*] Stand still, donkey; think, Ass, you are carrying St. Christopher upon your back. Look up, Ass. Cast your eyes to Heaven. Stand absolutely still. There! I say to the Ass, look up. And the Ass looks down. The donkey is eating thistles on the lawn!

TENN Yes, there was a damned ass praising Browning the other day. Browning, I tell you. But I ask you, could Browning have written:
The moan of doves in immemorial elms,
The murmuring of innumerable bees.

Or this, perhaps the loveliest line in the language – The mellow ouzel fluting on the lawn? [*The donkey brays.*] Donkeys at Dimbola! Geese at Farringford! The son of man has nowhere to lay his head!

[*WATTS slowly advances into the middle.*]

WATTS Praise be to the Almighty Architect – under Providence, the toe of Mammon is now humanly speaking, in drawing. Yes, in drawing. [*He turns to them in ecstasy.*] Ah, my dear friends and fellow workers in the cause of truth which is beauty, beauty which is truth, after months of work, months of hard work, the great toe of Mammon is now in drawing. I have prayed and I have worked; I have worked and I have prayed; and humanly speaking, under the Providence, the toe of Mammon is now in drawing.

TENN It sometimes seems to me, Watts, that the toe is not the most important part of the human body.

WATTS [*starting up and seizing his palette again*] There speaks the voice of the artist! You are right, Alfred. You have recalled me from my momentary exaltation. You remind me that even if I have succeeded, humanly speaking, with the great toe, I have not solved the problem of the drapery. [*He goes to the picture and takes a mahlstick.*] That indeed is a profoundly difficult problem. For by my treatment of the drapery I wish to express two important but utterly contradictory ideas. In the first place I wish to convey to the onlooker the idea that Modesty is absolutely naked. For a long time I have pondered at a loss. At last

I have attempted a solution. I am wrapping her in a fine substance which has the appearance of a veil; but if you examine it closely it is seen to consist of innumerable stars. It is in short the Milky Way. You ask me why? I will tell you. For if you consult the mythology of the ancient Egyptians, you will find that the Milky Way was held to symbolise – let me see, what did it symbolise – [*He opens his book.*]

MRS. C. Let me see. Time's getting on. Now let me think. What shall I want on the voyage?

MR. C. Faith, hope and charity.

MRS. C. Yes and the poems of Sir Henry Taylor; and plenty of camphor. And photographs to give to the sailors.

TENN And a dozen or two of port.

WATTS Horror! Horror! I have been most cruelly deceived! Listen: [*He reads*] "The Milky Way among the ancients was the universal token of fertility. It symbolised the spawn of fish, the innumerable progeny of the sea, and the fertility of the marriage bed." Horror! Oh Horror! I who have always lived for the Utmost for the Highest have made Modesty symbolise the fertility of fish!

MR. C. My poor old friend. Fish. Fish. Fish.

CURTAIN

The Needles. ELLEN TERRY *and* JOHN CRAIG *are sitting in bathing dresses on the Needles.*

JOHN Well, here we are!

NELL Oh, how lovely it is to sit on a rock in the middle of the sea!

JOHN In the middle of the sea?

NELL Yes, it's a sea. Are you the Young man who jumped over the lane on a red horse?

JOHN I am. Are you the young woman who was picking primroses in the lane?

NELL I am.

JOHN [Lor'] What a lark!

NELL Oh you mustn't let Signor hear you say that – or if you do, please pronounce the final *d*.

JOHN *D* – be damned! Who is Signor?

NELL Who's Signor? Oh he's the modern Titian.

JOHN Titian?

NELL Yes. Titian. Titian. Titian.

JOHN Sneezing? I hope you haven't caught cold!

NELL No. I feel heavenly. As warm as a toast – sitting in the sun here. You can't think how cold it is sitting for Modesty in a veil.

JOHN Sitting for Modesty in a veil? What the dickens d'you mean?

NELL Well I'm married to a great artist. And if you're married to a great artist, you do sit for Modesty in a veil.

JOHN Married? You're a married woman? You? Was that old gentleman with a white beard your husband?

NELL Oh everybody's got a white beard at Dimbola. But if you mean, am I married to the old gentleman with a white beard in the lane, yes, of course I am. Here's my wedding ring. [*She pulls it off.*] With this ring I thee wed. With this body I thee worship. Aren't you married too?

JOHN I married? Why I'm only twenty-two. I'm a lieutenant in the Royal Navy. That's my ship over there. Can't you see it?

[*Nell looks.*]

NELL That? That's a real ship. That's not the kind of ship that sinks with all we love below the verge.

JOHN My dear girl. I don't know what you are talking about. Of course it's a real ship.

The *Iron Duke*. Thirty-two guns. Captain Andrew Hatch. My name's Craig. Lieutenant John Craig of Her Majesty's Navy.

NELL And my name is Mrs. George Frederic Watts.

JOHN But haven't you got another?

NELL Oh plenty! Sometimes I'm Modesty. Sometimes I'm Poetry. Sometimes I'm Chastity. Sometimes, generally before breakfast, I'm merely Nell.

JOHN I like Nell best.

NELL Well that's unlucky, because today I'm Modesty. Modesty crouching at the feet of Mammon. Only Mammon's great toe was out of drawing and so I got down; and then I heard a whistle. Dear me, I suppose I'm an abandoned wretch. Everybody says how proud I ought to be. Think of hanging in the Tate Gallery for ever and ever – what an honour for a young woman like me! Only – isn't it awful – I like swimming.

JOHN And sitting on a rock, Nell?

NELL Well it's better than that awful model's throne. Mrs. Cameron killed the turkey today. The Muse has to have wings, you see. But you can't think how they tickle.

JOHN What the dickens are you talking about? Who's Mrs. Cameron?

NELL Mrs. Cameron is the photographer; and Mr. Cameron is the philosopher; and Mr. Tennyson is the poet; and Signor is the artist. And beauty is truth; truth beauty; that is all we know and all we ought to ask. Be good, sweet maid, and let who will be clever. Oh, and the utmost for the highest, I was forgetting that.

JOHN It's worse than shooting the sun with a sextant. Is this the Isle of Wight? Or is it the Isle of Dogs – the Isle where the mad dogs go?

NELL The apple trees bloom all the year here; the nightingales sing all night.

JOHN Look here, Nell. Let's talk sense for a minute. Have you ever been in love?

NELL In love? Aren't I married?

JOHN Oh but like this. [*He kisses her.*]

NELL Not quite like that. [*He kisses her again.*] But I rather like it. Of course, it must be wrong.

JOHN Wrong? [*He kisses her.*] What's wrong about that?

NELL It makes me think such dreadful thoughts. I don't I could really dare to tell you. You see, it makes me think of – beef steaks; beer; standing under an umbrella in the rain; waiting to go into a theatre; crowds of people; hot chestnuts; omnibuses – all the things I've always dreamt about. And then, Signor snores. And I get up to the casement. And the moon's shining. And the bees on the thorn. And the dews on the lawn. And the nightingales forlorn.

JOHN 'Struth! God bless my soul! I've been in the tropics, but I've seen nothing like this. Now look here, Nell. I've got something to say to you – something very sensible. I'm not the sort of man who makes up his mind in a hurry. I took a good look at you as I jumped over the lane. And I said to myself as I landed in the turnip field, that's the girl for me. And I'm not the sort of man who does things in a hurry. Look here. [*He takes out his watch.*] Let's be married at half past two.

NELL Married? Where shall we live?

JOHN In Bloomsbury.

NELL Are there any apple trees there?

JOHN Not one.

NELL Any nightingales?

JOHN Never heard a nightingale in Bloomsbury, on my honour as an officer.

NELL What about painting? D'you ever paint?

JOHN Only the bath. Red, white and blue. With Aspinalls[1] enamel.

NELL But what shall we live on?

JOHN Well, bread and butter. Sausages and kippers.

NELL No bees. No apple trees. No nightingales. Sausages and kippers. John, this is Heaven!

JOHN That's fixed then. Two thirty sharp.

NELL Oh but what about this? [*She takes her wedding ring off*]

JOHN Did the old gentleman with a white beard really give you that?

NELL Yes. It was dug out of a tomb. Beatrice's. No, Laura's! Lady Raven Mount Temple gave it him on the top of the Acropolis at dawn. It symbolises – let me see, what does this wedding ring symbolise? With this ring I thee wed; with this brush I thee worship – It symbolises Signor's marriage to his art.

JOHN He's committed bigamy. I thought so! There's something fishy about that old boy, I said to myself, as I jumped over the lane; I'm not the sort of chap to make up his mind in a hurry.

NELL Fishy? About Mr. Watts?

JOHN Very fishy; yes.

[*A loud sigh is heard.*]

NELL [*looking round*]. I thought I heard somebody sighing.

JOHN [*long round*]. I thought I saw somebody spying.

NELL That's only one of those dreadful reporters. The beach is always full of them. They hide behind the rocks, you know, in the case the Poet Laureate may be listening to the scream of the maddened beach backward by the wakes. [*The PORPOISE appears in the foreground.*] Look. Look. What's that?

JOHN It looks to me like a porpoise.

NELL A porpoise? A real porpoise?

JOHN What else should a porpoise be?

NELL Oh I don't know. But nightingales are widows, I thought the porpoise might be a widower. He sounds so sad. Listen. [*The PORPOISE gulps.*] Oh, poor porpoise, how sad you sound! I'm sure he's hungry. Look how his mouth opens! Haven't we anything we could give him?

JOHN I don't go about with my bathing drawers full of sprats.

NELL And I've got nothing – or only a ring. There, porpoise – take that! [*She throws him her wedding ring.*]

JOHN Lord, Nell! Now you've gone and done it! The porpoise has swallowed your wedding ring! What'll Lady Mount Temple say to that?

NELL Now you're married to Mr. Watts, porpoise! The utmost for the highest, porpoise. Look upwards, porpoise! And keep perfectly still! I suppose it was a female porpoise, John?

JOHN That don't matter a damn to Mr. Watts, Nell. [*He kisses her.*]

CURTAIN

The studio as before. TENNYSON *reading* Maud *aloud.* TENNYSON *reads aloud for some time. Then the door opens and* WATTS *comes in, hiding his head in his hands. He staggers across the room distractedly.*

TENN "The fault was mine, the fault was mine" –
Why am I sitting here so stunn'd and still,
Plucking the harmless wild-flower on the hill? –
It is this guilty hand! –
And there rises ever a passionate cry –

WATTS Ellen! Ellen! My wife – my wife – dead, dead, dead!

TENN My god, Watts! You don't mean to say Ellen's dead?

MRS. C. Drowned? That's what comes of going bathing.

WATTS She's dead – drowned – not me. I was behind a rock on the beach. I saw her – drown.

MR. C. Happy Ellen! Gone to Paradise.

MRS. C. Oh but this is awful! The girl's dead and where am I to get another model for the Muse? Are you sure, Signor, that's she's quite dead? Not a spark of life left in her? Couldn't something be done to revive her? Brandy – where's the brandy?

WATTS No brandy will bring Ellen to life. She is dead – stone dead – to me.

MR. C. Happy Ellen; lucky Ellen. They don't wear braces in Heaven; they don't wear trousers in Heaven. Would that I were where Ellen lies.

TENN Yes. There is something highly pleasing about the death of a young woman in the pride of life. Rolled round in earth's diurnal course with stocks and stones and trees. That's Wordsworth. I've said it too. 'Tis better to have loved and lost than never to have loved at all. Wearing the white flower of a blameless life. Hm, ha, yes let me see. Give me a pencil. Now a sheet of paper. Alexandrines? Iambics? Sapphics? Which shall it be?

[*He begins to write.* WATTS *goes to his canvas and begins painting out the picture.*]

WATTS Modesty forsooth! Chastity! Alas, I painted better than I knew. The Ancient Egyptians were right. This veil did symbolise the fertility of fish. [*He strikes his brush across it.*] What symbol can I find now?

TENN Ahem. I have written the first six lines. Listen. Ode on the death of Ellen Terry, a beautiful young woman who was found drowned.

[*Enter* ELLEN. *Everybody turns round in astonishment.*]

MR. C. But you're in Heaven!

TENN Found drowned.

MRS. C. Brandy's no use!

NELL Is this a madhouse?

MR. C. Are you a fact?

NELL I'm Ellen Terry.

WATTS [*advancing brandishing his brush*]. Yes, Ma'am. There you speak the truth. You are no longer the wife of George Frederic Watts. I saw you -

NELL Oh you did, did you?

WATTS I was on the beach, behind a rock. And I saw you – yes, abandoned wretch, I saw you, sitting on the Needles; sitting on the Needles with a man. This is the end, Ellen. Our marriage is dissolved – in the sea.

TENN The umplumb'd, salt, estranging sea. Matthew Arnold.

NELL I'm very sorry, signor. Indeed I am. But he looked so very hungry, Signor; I couldn't help it. She looked so very hungry, I should say; I'm almost sure it was a female.

WATTS A female! Don't attempt to lie to me, Ellen.

NELL Well, John thought it was a female. And John ought to know. John is in the Navy. He's often eaten porpoises on desert islands. Fried in oil, you know, for breakfast.

WATTS John has eaten porpoises fried in oil for breakfast. I thought as much. Go to your lover, girl; live on porpoises fried in oil on desert islands; but leave me to my art. [*He turns to his picture.*]

NELL Oh well, Signor, if you will take it like that – I was only trying to cheer you up. I'm very sorry, I'm sure, to have upset you all. But I can't help it. I'm alive! I never felt more alive in all my life. But I'm awfully sorry, I'm sure –

TENN Don't apologise, Ellen. What does it matter? An immortal poem destroyed – that's all [*He tears up his poem.*]

NELL But couldn't you find a rhyme for porpoise, Mr. Tennyson?

TENN Impossible.

NELL Well then, what about Craig?

TENN Browning could find a rhyme for Craig.

MRS. C. Ah, but in my art rhymes don't matter. Only truth and the sun. Sit down again, Ellen. There – on that stool. Hide you head in your hands. Sob. Penitence on the stool of –

NELL [*standing at bay*]. No, I can't, Mrs. Cameron. No, I can't. First I'm Modesty; then I'm the Muse. But Penitence on a Monument – no, that I will not be.

[*a knock at the door.*]

MARY The coffins have come, Ma'am. The coffins, I say. And you couldn't find a nicer pair outside of Kensal Green. As I was saying to his lordship just now, it do seem a pity to take them all the way to India. Why can't you plant 'em here with a weeping angel on top?

MRS. C. At last, at last the coffins have come.

MR. C. The coffins have come.

MRS. C. Let us pack our coffins and go.

MR. C. To the land of perpetual moon shine –

MRS. C. To the land where the sun never sets.

MR. C. I shan't want trousers in India –

MRS. C. No that's true. But I shall want wet plates –

[*TENNYSON, who has been out of the room for a moment, returns with something between his fingers.*]

TENN It's all right, Julia. Look. I have bored a hole with my penknife. Solid oak. Hearts of oak are our ships. Hearts of oak are our men! We'll fight 'em and beat 'em again and again! No ant can eat through that. You can take *Maud* with you. Well there's still time; where did I leave off? [*He sits down and begins to read* Maud.]

She is coming, my own, my sweet;
Were it ever so airy a tread,
My heart would hear her and beat,
Were it earth in an earthy bed;
My dust would hear her and beat,
Had I lain for a century dead;
Would start and tremble -

MR. C. [*who is looking out of the window*]. Ahem! I think that's a fact in the raspberry canes.

TENN Facts? Damn facts. Facts are the death of poetry.

MR. C. Damn facts. That's what I have always said. Plato has said it. Radakrishna has said it. Spinoza has said it. Confucius has said it. And Charles Hay Cameron says it too. All the same, that was a fact in the raspberry canes. [*Enter* CRAIG.] Are you a fact, young man?

CRAIG My name's Craig. John Craig of the Royal Navy. Sorry to interrupt. Afraid I've come at an inconvenient hour. I've called to fetch Ellen by appointment.

MRS. C. Ellen?

CRAIG Yes. Chastity, Patience, the Muse, what'd you call her. Ah here she is.

ELLEN John.

TENN Queen Rose of the rosebud garden of girls.

WATTS Ellen, Ellen, painted, powdered. Miserable girl. I could have forgiven you much. I had forgiven you all. But now that I see you as you are – painted, powdered -unveiled –

TENN Remember, Watts; the ancient Egyptians said that the veil had something to do with –

WATTS Don't bother about the ancient Egyptians now, Alfred. Now that I see you as you are, painted, powdered, I cannot do it. Vanish with your lover. Eat porpoises on desert islands.

CRAIG Hang it all, Sir. I've a large house in Gordon Square.

WATTS Have you indeed, Sir. And where pray is Gordon Square?

CRAIG W.C.1.

WATTS Young man, have a care, have a care. Ladies are present.

CRAIG I'm not responsible for the post office directory am I?

TENN Hallam lived there. Wimpole street, West Central, we called it in those more euphonious days. The long unlovely street. See *In Memoriam*.

CRAIG What's Hallam? What's *In Memoriam*?

TENN What's Hallam? What's In Memoriam? It is time I went back to Farringford. Emily will be anxious.

NELL Take care Emily don't jump, Mr. Tennyson.

[*Enter MARY.*]

MARY The coffins are on the fly, Ma'am.

MRS. C. The coffins are on the fly – It is time to say good-bye.

MARY There's no room for the turkey's wings, Ma'am.

MRS. C. Give them here. I will put them in my reticule.

MARY Gorblime! What a set! What a set! Coffins in the kitchen. Wet plates on the mantelpiece. And when you go to pick up a duster, it's a marmoset. I'm sick of parlour work. I'll marry the earl and live like a respectable gurl in a Castle.

MR. AND MRS. C., JOHN AND ELLEN [*all together*]. The coffins are on the fly. It's time to say good-bye.

MRS. C. We are going to the land of the sun.

MR. C. We're going to the land of the moon.

JOHN We are going to W.C.1.

NELL Thank God we're going soon.

MRS. C. Good-bye, good-bye, the coffins are on
the fly.

MR. C. Farewell to Dimbola; Freshwater, farewell.

JOHN I say, Nell, I want a rhyme to fly.

NELL Heavens, John, I can only think of fly.

MRS. C. And my message to my age is
When you want to take a picture
Be careful to fix your
Lens out of focus
But what's a rhyme to focus?

MR. C. Hocus pocus, hocus pocus,
That's the rhyme to focus.
And my message to my age is –
Watts – don't keep marmosets in cages –

JOHN AND NELL They're all cracked – quite cracked –
And our message to our age is,
If you want to paint a veil,
Never fail,
To look in the raspberry canes for a fact.

NELL To look in the raspberry canes for a fact!

[*Exeunt all but* WATTS *and* TENNYSON.]

TENN They have left us, Watts.

WATTS Alone with our art.

TENN [*going to the window*]. Low on the sand and loud on the stone the last wheel echoes away. God bless my soul, it don't! It's getting louder – louder – louder! They're coming back!

WATTS Don't tell me, Alfred! Don't tell me they're coming back! I couldn't face another – fact!

TENN She's coming, my dove, my dear;
She is coming, my life, my fate.
The red rose cries, "She is near, she is near" –

MARY Her Majesty the Queen.

THE QUEEN We have arrived. We are extremely pleased to see you both. We prefer to stand. It is the anniversary of our wedding day. Ah, Albert! And in token of that never to be forgotten, always to be remembered, ever to be lamented day –

TENN Tis better to have loved and lost.

THE QUEEN Ah but you are both so happily married. We have brought you these tokens of our regard. To you, Mr. Tennyson, a peerage. To you, Mr. Watts, the Order of Merit. May the spirit of the blessed Albert look down and preserve us all.

CURTAIN

Notes

ACT II

1 Famosa marca britânica de tintas.

POSFÁCIO

Freshwater enquanto presente – ou para rir com Virginia Woolf

Freshwater: Uma comédia literalmente bota em cena o grupo de Bloomsbury, travestido da vanguarda vitoriana anterior, a quem Virginia Woolf também estava ligada por laços familiares, como Ana Carolina Mesquita e Victor Santiago expõem já no Prefácio e na Apresentação deste livro que se tem em mãos. Desde a primeira indicação cênica da peça de Woolf, Freshwater e Bloomsbury, enquanto lugares, se confundem. Se a primeira rubrica da versão de 1923 estabelece o lugar de ação como o estúdio de Julia Margaret Cameron, "um estúdio em Dimbola", sua casa em Freshwater, a indicação cênica é reduzida a "Um estúdio", em 1935. O nome da casa de sua tia-avó, uma referência à região no então Ceilão (atual Sri Lanka), onde a família tinha terras, já demonstra a dimensão colonial da herança que Woolf quer investigar. O estúdio específico naquela casa em Freshwater se torna *um* ou *qualquer* estúdio. Ou seja, "um estúdio" também faz certa referência irônica ao estúdio na Fitzroy Square no qual, em 1935, os amigos montam a peça: o estúdio de Vanessa Bell, parceira de Woolf na produção de *Freshwater*. Se a centralidade do encontro de Ellen Terry com John Craig é o que Woolf enquadra, em um ato próprio, como forma significativa ao reescrever sua peça em 1935, como ler então o gesto de oferecer o papel de Ellen, uma das maiores atrizes shakespearianas entre o século XIX e o XX, como um presente de aniversário para a filha de Vanessa, Angelica Bell, sua sobrinha, que considerava uma carreira nos palcos? Angelica é herdeira das duas tradições que Virginia e Vanessa botam em cena e confundem desde o primeiro gesto autorreferente de fazer do estúdio do presente o estúdio de sua tia-avó, fazendo das personagens de Bloomsbury o elenco de *Freshwater: Uma comédia*. Essa dupla herança parece ser o que Woolf investiga na escrita e na encenação de sua peça. O que se procura é pela fuga ou voo em direção a outros papéis que o palco-mundo de seu tempo ainda não tinha capturado. Como ler esse presente (em duplo sentido) que se dá pelo riso, pelo deboche, pela comédia? Como ler Bloomsbury quando, ao encarnar um passado heteropatriarcal, acaba rindo de si mesmo?

Como o trabalho de Victor Santiago revela nesta edição brasileira, Woolf empreendeu uma extensa pesquisa para escrever suas personagens do seu lugar em Bloomsbury – o que faz com que Lucio P. Ruotolo, o editor da versão em inglês de *Freshwater*, diga que a peça enreda mais fato que ficção. No entanto, entre 1923 e 1935, se nos voltarmos a diversos ensaios woolfianos do período, encontramos Woolf às voltas com a ideia de que a ficção também pode ser uma instância crítica em busca de verdades que ficaram à margem do que se permitia ver como *a* verdade. Essa ideia me parece ser aquilo que lhe permite voltar e reficcionalizar o encontro entre Ellen Terry e John Craig como um presente para a futura geração. Passar por *Um quarto só seu*, ou "Profissões para as mulheres", ou ainda "Mr. Bennett e Mrs. Brown", "A nova biografia", "Poesia, ficção e o futuro", ou por tantos outros ensaios célebres que encenam verdades dissidentes por meio da ficção, para não alongar ainda mais esta frase com uma consideração acerca de seus romances, contribui para a reescrita de *Freshwater*. A procura de outras verdades entre fato e ficção vai desembocar em diversos projetos, como *The Pargiters*, que é abandonado – ou melhor, que se inicia com "Profissões para as mulheres", em si uma revisão de sua palestra de 1931 para a *National Society for Women's Service*, que se divide e que se transforma em *Os anos*, último romance que Woolf publica em vida, em 1937, e *Três guinéus*, de 1938. No primeiro ensaio do que seria essa outra forma de seu pensamento (um "ensaio-romance"), datado de 11 de outubro de 1932, a narradora de *The Pargiters* nos diz que vai entrecortar seu argumento com a literatura porque "apesar de ser muito mais fácil escrever história [...] esse método de dizer a verdade me parece tão elementar, e tão desastrado, que eu prefiro, onde a verdade é importante, escrever ficção".[1] Na crítica a socializações de gênero e às formas do masculino e do feminino que Woolf vai empreender ao longo da década de 1920 e até meados dos anos 30, até *Freshwater* (antes e depois também, certamente, mas estamos entre 1923 e 1935), é a ficção a instância de pensamento que pode desarmar a verdade enquanto fato dado, fato único, em direção a uma ideia de verdade enquanto *o possível*, aquilo que se toca entre a materialidade do mundo e a imaginação liberta.

Forçando o riso ao limite do absurdo, a peça de Woolf critica as formas abstratas do simbolismo e de como essas formas sustentavam e eram sustentadas pelo heteropatriarcado colonial, para usar uma expressão de Paul B. Preciado, leitor de Virginia Woolf. Ellen Terry chega a se transformar visualmente no Anjo do Lar que Woolf já havia matado em sua procura por uma verdade possível para a mulher de seu tempo. Na cena, ela ganha as asas de um peru morto, outra vida sacrificável, que só é enlutada pela própria Ellen. Intoxicados por suas próprias palavras, presos em conceitos abstratos que ora traem suas ideias de moralidade, ora fecham o mundo em uma bolha imperial, os artistas de Freshwater na peça de Woolf fazem da jovem Ellen o receptáculo de suas angústias e desejos. Ellen, a depender da cena, é uma imagem de um feminino projetado, ou de um corpo morto como o do peru, ou de um fato curiosamente abstraído de sua facticidade corporal. É o encontro com John Craig, e Bloomsbury enquanto destino desse encontro, que faz com que Ellen finalmente reaja: ao retornar para informar que seu tempo entre os amigos de Freshwater chegava ao fim, Julia Margaret Cameron tenta enquadrá-la mais uma vez, em mais uma tentativa de capturá-la nos nomes dados, em representações aceitáveis: "A Penitência no banco da...". Ao que Ellen/Nell finalmente reage: "Não, não posso, Sra. Cameron. Não, não posso.

1 Virginia Woolf, *The Pargiters: The Novel-Essay Portion of The Years*. Mitchell A. Leaska (Org.). Nova York: The New York Public Library, 1977, p. 9. Tradução livre.

Primeiro, eu sou a Modéstia; depois, sou a Musa. Mas a Penitência em um Monumento – não, isso não vai acontecer", traduz Victor Santiago. É o sonho com Bloomsbury (ou Bloomsbury enquanto sonho) – na "zona central", como traduz Santiago, fazendo funcionar o trocadilho de Woolf com WC1 (em inglês, *WC* também é sigla para *water closet*, banheiro) – aquilo que produz o voo de Ellen em direção a ser simplesmente Nell. Esse apelido, enraizado em "fatos", ecoa inevitavelmente o apelido daquela que teria sido a primeira atriz profissional a pisar nos palcos ingleses da Restauração, Nell Gwyn. Se Eleanor Gwyn e Ellen Terry formam uma comunidade transtemporal de atrizes que desafiaram o teatro enquanto instituição masculina – e se estão unidas desde o nome –, *Freshwater* inclui Angelica Bell no nome "Nell", enquanto signo dessa outra herança (uma terceira herança sonhada por Woolf, talvez). Afinal, o que se destina a essa jovem mulher do século XX é um encontro que poderia se dar justamente para além da captura que o substantivo "mulher" permitia, um encontro que a comunidade de atrizes imaginada por Woolf sempre buscou com o corpo, em cena.

Mas, de novo, o encontro com John Craig é o que produz o sonho de Bloomsbury (ou Bloomsbury enquanto sonho) em Ellen Terry: o sonho de estar na rua, de juntar-se à multidão, de ir ao teatro... Essa destinação é, então, também oferecida aos homens, que poderão enquadrar o substantivo "homem" a partir de outras experiências compartilhadas, não só a do marinheiro, da socialização masculina a serviço do Império. Ele e ela, juntos, desfazem a captura do "homem" e da "mulher", em um sonho andrógino, como a leitura de Penny Farfan sugere.[2] Farfan lerá uma teoria da atuação em Woolf ao se voltar a suas resenhas acerca de obras auto/biográficas das atrizes francesas Sarah Bernhardt e Rachel Félix e do ensaio que dedica em 1941 a Ellen Terry. De fato, voltando à atriz inglesa em 1941, no fim de sua carreira, Woolf dirá

2 Ver Penny Farfan, "'Freshwater' Revisited: Virginia Woolf on Ellen Terry and the Art of Acting". In: *Woolf Studies Annual*, v. 4., 1998, pp. 3-17.

que Ellen Terry sempre procurou, nas palavras das personagens para as quais dava corpo e voz, por um "*self* que ela não conhecia, uma lacuna que ela não conseguia preencher",[3] dando à performance a dimensão da performatividade de outros "eus", entre gêneros. O sobrenome de John, talvez, já inscreva na peça de Woolf essa procura sem fim, esse lugar lacunar do "eu". Digo isso porque Woolf produz uma síntese de momentos diferentes da vida de Ellen ao escrever John Craig.[4] Na vida real, quando abandona o casamento com Watts, a atriz foge com Edward Godwin, deixando para trás sua famosa justificativa em um brevíssimo bilhete: "encontrada afogada". E quem pula sobre ela a cavalo e lhe convida de volta aos palcos é o dramaturgo Charles Reade. Na peça, no entanto, Edward e Charles se tornam John, o bilhete de Ellen para Watts se torna o poema de Tennyson, e a volta aos palcos se torna Bloomsbury. Que o sobrenome adotado pelos filhos "ilegítimos" de Ellen Terry com Edward Godwin seja Craig talvez constitua, no entanto, o elemento mais interessante dessa síntese que Woolf produz. Edward Gordon Craig e Edith Craig, filhos de Ellen e Edward, foram figuras importantes para a cena teatral modernista – Edith, por sinal, importante dramaturga feminista, foi responsável por comissionar o *Pageant of Great Women*, de Cicely Hamilton, em 1909.[5] Ao lhe fazer um "Craig", Woolf talvez inscreva em John, então, esse futuro para o qual a filha de Ellen Terry também trabalhava.

Mas ainda estavam ali, em Bloomsbury, as abstrações do grupo de Freshwater, seu orientalismo, as opressões de gênero inscritas

3 Ellen Terry Woolf, p. 286. Tradução livre. In: Virginia Woolf, *The Essays of Virginia Woolf*, v. 6. Stuart N. Clarke (Org.). Londres: The Hogarth Press, 2011, pp. 285-92.

4 Para mais informações biográficas que Woolf sintetiza, ver as notas de Lucio P. Ruotolo em *Freshwater: A Comedy* (São Diego: Harcourt, 1976), bem como as notas de Victor Santiago nesta edição.

5 Para uma discussão de *Pageant of Great Women*, ver Rebecca Cameron, "From *Great Women* to *Top Girls*: Pageant's of Sisterhood in British Feminist Theater". In: *Comparative Drama*, v. 43, n. 2., 2009, pp. 143-66.

em algumas de suas relações, a estilização irresponsável da vida, mesmo quando parece ter sido contra essas dimensões da arte vitoriana que eles se constituíram enquanto "grupo"? Essa pergunta, de alguma maneira, é mobilizada pela própria Virginia Woolf. *Freshwater* pode ser lida como uma maneira de se autoinvestigar, por um lado, e de se transformar na década de 1930, por outro. Lembro de Gretchen Holbrook Gerzina, que diz que "visões alternativas estavam certamente no centro das tentativas de Bloomsbury para representar a 'verdade' tanto na tela quanto no papel", mas essas visões não são isentas de suas próprias contradições problemáticas, especialmente quando consideramos como a ideia de "raça" funcionava nessas alternativas.[6] Como exemplo dessa ambivalência e dessas contradições que mobilizam qualquer leitura de Bloomsbury enquanto grupo, bastaria lembrar aqui do *Dreadnought Hoax*, quando, em 1910, os amigos fizeram *blackface* para rir do Império e invadir um de seus maiores símbolos de poder naval, o *HMS Dreadnought*. No mesmo gesto em que se questiona e critica está inscrita uma tradição racista. Será que podemos ver, em *Freshwater*, uma Virginia Woolf que reconhece o problema orientalista no coração das trevas imperial, de onde e contra quem, ao mesmo tempo, ela escreve e ri?

Em *Freshwater*, o casal Cameron leva consigo seus caixões ao partirem para a Índia (um desvio que a ficção produz nos fatos – era para o Ceilão que o casal partiria, mas vale notar que a família materna de Woolf tem profundas raízes na colonização da Índia, onde tanto sua tia-avó quanto sua mãe nasceram). Os caixões são feitos de carvalho inglês sólido para proteger seus corpos e os poemas de Tennyson, com os quais Julia Margaret Cameron deseja ser enterrada, dos cupins indianos, *white ants* no inglês de Virginia Woolf, em uma possível referência a outros ritos fúnebres considerados com horror pelos ingleses. Afinal,

6 Gretchen Holbrook Gerzina, *"Bushmen and Blackface: Bloomsbury and 'Race'"*, p. 150. Tradução livre. In: Gill Lowe (Org.). *Virginia Woolf: Critical Primary Sources*, v. 4. Londres: Bloomsbury Academic, 2021, pp. 147-63.

como a pesquisa de Rohan Deb Roy[7] revela, *white ants of India*, já no século XIX, era uma expressão racista, que tem origem em anedotas coloniais de soldados que teriam suas botas comidas pelos cupins, e que era frequentemente usada pelos colonizadores ingleses para expressar sua repulsa pelo povo e pelos costumes da Índia. Julia Margaret Cameron e os poemas de Tennyson são corpos imperiais nessa imagem, corpos que precisam de proteção contra a devoração dos colonizados naquele solo em disputa. E é desses corpos imperiais que Woolf ri, o que permite a devoração, de certa maneira. Esse riso, enquanto estratégia, atravessa a literatura e a arte entre passado e presente, entre Freshwater e Bloomsbury, criando conexões entre opressão colonial, opressão de gênero, e opressão de classe (não podemos esquecer da quase inteiramente silenciosa Mary ao lermos *Freshwater*, pois seu corpo se impõe em cena, em um silêncio que pode dizer mais que a falação dos artistas). Tendo a pensar que o que está em jogo é essa redestinação de Bloomsbury por meio da peça, em uma procura pelo futuro andrógino que Woolf havia esboçado em *Um quarto só seu*, de 1929, agora encarnado em Ellen e John, em si (e juntos) o "presente" de aniversário que a tia Virginia Woolf parece estender à futura geração, na figura de sua sobrinha. Daqui nasce um outro riso solto – não que esse riso já não estivesse em Woolf enquanto questão. Se a beleza do mundo "tem dois gumes, um de riso, outro de angústia, cortando o coração em dois",[8] como a narradora de *Um quarto só seu* pensa, na tradução de Julia Romeu, ao fazer o caminho entre a abundância da faculdade de homens (e o riso que se encontra ali) e a simplicidade da faculdade para mulheres (e a angústia que encontra lá), há uma outra versão do riso, anterior, que parece ser importante para novas leituras de *Freshwater*.

7 Ver, por exemplo, Rohan Deb Roy. "White Ants, *Empire and Entomo-Politics in South Asia*". In: *The Historical Journal*, v. 63., n. 2., 2020, pp. 411-36.
8 Virginia Woolf, *Um quarto só seu*. Trad. de Julia Romeu. Rio de Janeiro: Bazar do Tempo, 2021, p. 36.

Para pensar o riso solto que Woolf diz ter visto acontecer ao encenar sua peça entre amigos em 1935, volto então a outra cena, quando a jovem Virginia, ainda Stephen, dez anos antes de publicar seu primeiro romance, escreve um ensaio curto para o *The Guardian*. Em 1905, quando publica "*The Value of Laughter*" ou "O valor do riso" aos 23 anos de idade, a aspirante Virginia Stephen tinha se mudado para Bloomsbury recentemente. Seria ali, em sua nova casa no número 46 da Gordon Square, que seus amigos – ou os amigos de seu irmão Thoby Stephen, inclusive seu futuro marido, Leonard Woolf – se reuniriam frequentemente para as famosas discussões dos *At Homes*. Rir da tradição se torna um mote, um elo entre esses amigos que, ao contrário das muitas vanguardas históricas, nunca escreveram um manifesto. Desde cedo, optaram por fazer da própria amizade um modo de aliança que permite o contraditório, a troca, a disputa, o embate. A casa dos jovens Stephens se torna o epicentro desse momento – o que faz de Bloomsbury isso mesmo, "momento", para além de um lugar específico em Londres, como diz Ann Banfield[9] ao pensar a influência da teoria do conhecimento de Cambridge para o *Bloomsbury Group*. Mas as jovens Virginia e Vanessa – sua irmã e parceira de trabalho, responsável por achar um novo endereço para os Stephens, agora órfãos –, não foram para Cambridge, uma vez que, enquanto meninas em uma casa vitoriana, tiveram acesso limitado à educação formal. Rir, para elas, era uma outra dimensão dessa dissidência, enraizada em outros cantos da casa privada da infância.

O tipo de zombaria tematizado e performado pelo grupo de jovens de Bloomsbury pode ser lido a partir da discussão sobre a função social do riso tal qual proposta por Henri Bergson. Se Woolf não leu *O riso*, de Bergson, e se não o reconhecia como influência de modo geral, ainda assim suas ideias circulavam por Bloomsbury, já que o pensador francês estava em voga na

9 Ver Ann Banfield, *The Phantom Table*. Cambridge: Cambridge University Press, 2000.

Inglaterra.[10] Bergson era lido e acompanhado por importantes interlocutores de Virginia, como Lytton Strachey e T. S. Eliot. Em 1910 e 1911, por exemplo, Eliot chega a assistir às palestras de Bergson em Paris. Mais tarde, em 1922, Karin Stephen, a cunhada com quem Virginia teria uma relação profundamente ambivalente, publicaria *The Misuse of Mind: A Study of Bergson's Attack on Intellectualism*. Talvez então, mesmo que indiretamente, seja para pôr em tensão a dita comunidade humana sobre a qual Bergson se debruça que Woolf escreva seu ensaio, como também fez Camila von Holdefer ao ir a Bergson diretamente em 2016: "Mais de cem anos depois da publicação do livro de Bergson, descobrimos que o humor, pelo menos o humor em suas variantes menos domesticadas, não é propriamente humano: ele é masculino".[11] Um ano depois, em 2017, Camila encontra em "O valor do riso" o giro que procurava: "Todo humor em uma mulher, qualquer que seja o tema e o viés, é sempre (e às vezes à revelia) uma forma de resistência e uma ferramenta ou ação de mudança. É um recado e um convite".[12] Em Bloomsbury, Virginia e Vanessa, que não estudaram em Cambridge, sabiam que havia um outro recado a ser dado, e um outro convite a ser estendido.

Mas, ao escrever seu ensaio sobre o riso, a jovem Virginia desde cedo se lança à procura de um humor nem masculino nem feminino, por meio de um riso que, se tem raiz na exclusão histórica das mulheres, quer achar um meio termo entre tragédia e comédia em direção ao verdadeiro humor, que estaria para além desses gêneros dramáticos. De alguma maneira, Virginia dramatiza a questão de gênero (enquanto *gender*) por meio dessa

10 Ver Shiv K. Kumar, *Bergson and the Stream of Consciousness Novel*. Londres: Blackie, 1962.

11 Camila Von Holdefer, "Para compreender o riso". *Blog do IMS*. São Paulo, 5 dez. 2016. Disponível em: https://blogdoims.com.br/para-compreender-o-riso. Acesso em: 07 dez. 2024.

12 Camila Von Holdefer, "O valor do riso". *Blog do IMS*. São Paulo, 26 out. 2017. Disponível em: https://blogdoims.com.br/o-valor-do-riso/. Acesso em: 07 dez. 2024.

discussão que chamaríamos retrospectivamente de "modernista" – a questão da inflexão dos gêneros literários (enquanto *genre*). Desfazendo os gêneros dramáticos comédia e tragédia, ela desfaz binarismos de gênero, produzindo uma verdadeira confusão entre arte e vida, estética e política.[13] Chegar a esse meio-termo do verdadeiro humor será difícil porque Virginia nos diz que a tragédia se transformou em solenidade (descrita com o pronome "ele", assim delimitando um âmbito masculino que aponta para a destinação burguesa do teatro ao longo da história), o que também reduz a potencial grandeza da comédia (de um âmbito feminino). O riso, no entanto, que está para além da verve comunicativa em alguns empregos da palavra, será seu paradigma, aquilo que dará alguma força de questionamento a quem não fez essa passagem em direção à solenidade. As mulheres do tempo de Virginia e as crianças, ainda parcialmente destreinadas pelas instituições heteropatriarcais, serão então as portadoras do riso que abriria espaço para um novo humor, que chamarei de andrógino após nosso breve percurso por alguns cantos ou quartos do universo woolfiano nestas páginas. Afinal, "não há nada tão difícil como o riso, de fato, mas nenhuma característica é mais valiosa. Ele é uma faca que ao mesmo tempo poda e instrui e dá simetria e sinceridade aos nossos atos e à palavra escrita e falada", traduz Leonardo Fróes.[14] É o riso que androginiza seu pensamento desde sempre, um riso outro – que, se tem na identidade um ponto de partida, não para ali.

Se o riso é uma faca, ele é uma faca de dois gumes, para pular no tempo em direção à sua peça novamente. A publicação das duas versões de *Freshwater* nesta edição bilíngue revela o

13 Para uma leitura mais longa de "O valor do riso", ver Davi Pinho, "Uma leitura recumbente de 'O valor do riso'". In: *Literaturas de língua inglesa, leituras interdisciplinares*, v. 5, D. Pinho e M. C. Monteiro (orgs.). Rio de Janeiro: Letra Capital: 2020, pp. 35-48.

14 Virginia Woolf, "O valor do riso", pp. 38-9. In: Virginia Woolf, *O valor do riso e outros ensaios*. Trad. de Leonardo Fróes. São Paulo: Cosac Naify, 2014, pp. 34-9.

movimento do pensamento woolfiano de maneira especial, dando ênfase à qualidade cômica da escrita de Virginia Woolf, como poucas vezes se dá. A ironia é um modo de pensar para Woolf – um modo, não meramente uma figura de linguagem. Isso é facilmente notado por quem lê seus ensaios, romances, diários, ou cartas, para nomear algumas das formas que o seu pensamento ganhou no papel. Mas o riso solto de sua peça leva esse modo ao extremo, o que dá ao cômico a chance de ser atravessado pelas questões que perseguiu ao longo de toda sua vida com a escrita: a procura por outra ideia de verdade entre fato e ficção, o lugar das mulheres na ordem simbólica, a possibilidade de um futuro *queer*, o lugar da dissidência entre vida e arte, as formas políticas que se abrem em gestos de (re)organização estética... Essas questões fazem com que Virginia Woolf force os gêneros literários ao limite a cada obra que inicia – uma marca daquilo que qualificaríamos como "modernista" ao longo do século XX –, desfazendo, nessa vontade de ir além da mera representação e em direção a novas formas de enquadramento, a própria noção de gênero (seja *genre* ou *gender*). Em *Freshwater*, então, também encontramos as marcas daquilo que Woolf anota em seu diário em 15 de maio de 1940: "o pensamento é minha luta".[15] Mas a forma de lutar/pensar aqui, como a cada nova cena de sua procura na e pela escrita, é outra. É essa outra forma crítico-poética que ela oferece de presente à sua sobrinha, aos amigos que se juntaram no estúdio de sua irmã em 1935, a si mesma, e a nós. A leitura que se oferece, então, é perigosa: se o riso no rosto põe uma faca em nossas mãos, com quem e de quem rimos ao entrarmos em cena?

DAVI PINHO

15 Virginia Woolf, *The Diary of Virginia Woolf*, v. 5.: 1936-41, Anne Olivier Bell e Andrew McNeillie (Org.). Harmondsworth: Penguin, 1985, p. 285. Tradução livre.

SOBRE O POSFACIADOR

Davi Pinho é Professor Associado de literatura inglesa da Universidade do Estado do Rio de Janeiro (UERJ). Na mesma instituição, é professor permanente do Programa de Pós-graduação em Letras (PPGL/UERJ). É bolsista de produtividade da FAPERJ e foi pesquisador visitante da Birkbeck, Univesidade de Londres, quando trabalhou nos arquivos de Virginia Woolf na British Library e na Universidade de Sussex. É autor, organizador, editor e ensaísta de/em diversos títulos da crítica woolfiana. É membro da International Virginia Woolf Society e faz parte do conselho editorial da série *Virginia Woolf: Variations*, publicada pela Edinburgh University Press.

Dados Internacionais de Catalogação na Publicação (CIP)
de acordo com ISBD

W913f
Woolf, Virginia
Freshwater: uma comédia / Virginia Woolf
Título original: *Freshwater: a comedy*
Tradução: Victor Santiago
São Paulo: Editora Nós, 2025
200 pp.

ISBN: 978-65-85832-66-3

1. Literatura inglesa. 2. Teatro. I. Santiago, Victor. II. Título.

CDD 823
2025-289 CDU 821.111

Elaborado por Odilio Hilario Moreira Junior, CRB-8/9949

Índice para catálogo sistemático:
1. Literatura inglesa 823
2. Literatura inglesa 821.111

Direção editorial SIMONE PAULINO

Editora-assistente MARIANA CORREIA SANTOS
Assistente editorial GABRIEL PAULINO
Projeto Gráfico BLOCO GRÁFICO
Assistente de design STEPHANIE Y. SHU
Preparação SOLANGE LEMOS
Revisão EDITORA NÓS
Produção gráfica MARINA AMBRASAS
Assistente comercial LIGIA CARLA DE OLIVEIRA
Assistente administrativa CAMILA MIRANDA PEREIRA

Imagem de capa: © Vanessa Bell 1879–1961
Fotografia de Virginia Woolf e seu cunhado Clive Bell na praia em trajes de banho, Studland Bay, Dorset.

Texto atualizado segundo o novo
Acordo Ortográfico da Língua Portuguesa

Rua Purpurina, 198, cj 21
Vila Madalena, São Paulo, SP | CEP 05435-030
www.editoranos.com.br

Fontes NEXT, TIEMPOS
Papel PÓLEN BOLD 70 g/m²
Impressão MARGRAF